アン・ハンプソン

元教師。旅行好きで、各地での見聞をとり入れて小説を書きはじめたところ好評を博し、ついに教師を辞め執筆活動に専念することにした。物語の背景として選んだ場所へは、必ず自分で足を運ぶことをモットーとしていた。70 年代から活躍し、シリーズロマンスの黎明期を支えた作家の一人。

◆主要登場人物

コレット・ホイットニー……会社員。
レニー・ホイットニー……コレットの母親。
ルイス・ホイットニー……コレットの義父。
エルスペス・ホイットニー……コレットの義姉。
デイヴィ・マドックス……コレットの夫。
パトリック・ブレイン……デイヴィの大伯父。
ルーク・マーリス……果樹園主。
ステラ・ロガラ……ルークの女友達。

1

仕事から帰ってきて母が泣いているのを見るのは、何も珍しいことではなかった。コレットは台所の戸口に立ってそっとため息をもらす。こんな生活は続けられないとはっきりわかったのはずいぶん前なのに、母とふたりで逃げだすとなるとどうやったらいいか、いまだに見当さえつかない。

流しに身をかがめてじゃがいもの皮をむいている母に歩みよる。母はじっさいの年齢よりふけこみ、手も赤くささくれだっていた。

「母さん……こんどは何なの、また義父《とう》さんが原因なの、それともエルスペス?」

義理の父もその娘のエルスペスも、コレットは大嫌いだった。未亡人だった母が、ルイス・ホイットニーのような男の餌食《えじき》になった日が呪わしい。

「エルスペスなの。ルイスはまだ帰ってないわ」すすり泣きながらふりかえり、母は白髪の混じりはじめた髪をかきあげる。「いままでここにいてね、自分の部屋が今日は掃除してないって文句たらたら。でも母さんはひどく具合が悪かったものだから」

「具合が悪いって？　どこが悪いの、母さん？」

「たいしたことじゃないのよ。頭痛と腰の痛み……」無意識に背中を伸ばし、濡れた手を腰にあてる。「せめて一日でも休めば治るんだろうけど、そんなことできないしね。それに、たとえできたとしても、またこのいやな仕事に戻るよりほかないもの」

「さあ、腰かけて休みましょう、母さん。わたし、紅茶をいれるわ」コレットは母親の腰に手をまわして頬にそっとキスすると、居間に連れていった。

「エルスペスはどこにいるの？」

「自分の部屋よ。あの恐ろしい外国人との外出の準備に大わらわ。あのひとが家に出入りするのはいやなんだけど。おまえも嫌ってることだしね」

コレットはキッチンに戻って、やかんに水をくんだ。一瞬、母の口にした外国人、ルーク・マーリスの顔が心をかすめる。長身で、浅黒く、黒い瞳の奥にはいつも傲慢《ごうまん》な雰囲気があって、いままで出会ったもっとも手ごわい男性――でも同時に、もっとも魅力的な男性だった。はじめて顔を合わせたとき、コレットは信じられないほど強烈な印象を受けて、突然、胸がどきどきしたくらいだから。

狩猟会主催の舞踏会《ハント・ボール》でエルスペスに出会ったルークは、たちまち彼女に夢中になった。それ以来、毎晩デイトに連れだし、とうとう先週と先々週の週末には、サリー州のどこかの田舎宿にふたりで泊まったらしい。

高等教育を受け、生まれつきひとを見下す身ごなしと雰囲気を備えたエルスペスは、痛烈な舌先は別にしても、初対面からコレットに劣等感を背負いこませた。それに、年齢の差ものをいう。コレットはまだ十七歳なのに、エルスペスは二十五歳になろうとしている世慣れた女性。彼女は過去の恋愛も、美貌《びぼう》を利用して億万長者をものにしようと狙っていることも、隠そうともしなかった。

「そのうえ相手が爵位をもっていれば、なおけっこう」わざと、コレットの鼻の片側から左頬を伝い首筋にまでまたがる醜いあざを見すえて、残酷につけ加えたものだ。「あなたなんか誰ひとりつかまえられやしないわよ。そうね、田舎の百姓くらいならなんとかなるかもしれないけれど」

いまコレットは二階にあがってエルスペスに仕返しをするかわりに、ホールのキャビネットからすてきなティー・セットを出してトレイに並べ、母親の前に置いた。

「さあ、お茶よ」ミセス・ホイットニーが眉根を寄せて口を開く前に言う。「母さんには最高の品を使う権利があるわ。なぜ、ただ飾っておくだけなの？」

「わたしのお母さまのものだからよ！」開け放たれたホールの戸口からどなり声が飛んでくる。とびきり上等の淡いグリーンのパンツ・スーツ姿でエルスペスはまっすぐ部屋に入ってくると、コレットの前に立ちはだかった。「なんて厚かましい！　こんな……行商人にしか見えない女に使わせるなんて……カップを下に置きなさい！　使わないでったらら！」

　母親に投げつけられた侮辱の言葉に、コレットの堪忍袋の緒も切れた。怒りにまかせて、ビスケットの入った皿をつかむと力まかせに床にたたきつける。つぎはカップ、そのつぎは受け皿。

「ほらね！　あなたの大切なお母さまのセットなんて、こうなるのがお似合いよ！」

「なんてことを……なんてことを……コレット、お父さまが帰っていらしたら、お仕置きをしてもらいますからね！」

「コレットや、短気をおこしちゃだめでしょう！」

「もううんざりよ、母さん！　エルスペスなんかに母さんを侮辱されてたまるものですか！　セットが台なしになっても平気よ。全部粉々に壊したいくらいだわ！」

「あなたのせいで、このセットはめちゃめちゃよ」エルスペスは事の成行きに茫然《ぼうぜん》として、かえって声も平静に戻っていた。身をかがめてダービー磁器の破片をひろう。「もうなんの値打ちもなくなったわ。百七十年以上もたった年代物だったのに。このティー・セットにはひと財産ほどの値打ちがあったのよ」

　顔を醜く歪《ゆが》めて、エルスペスはコレットに向きなおった。

「この雌犬め！　たちの悪いちびの雌犬め！　あんまり醜いものだから、すべてのひとに恨みを抱いているんだわ！」

「この子は醜くなんかありません！」ミセス・ホイットニーははらはらと涙をこぼした。「なぜいつも、そんな薄情なことが口にできるの、エルスペス？」

「じっさい、醜いからよ！」

「まあ……醜くなんかありません！　ごらんなさい、この子の目を、髪を……」

「母さん」大きなため息をもらすと、コレットは母をさえぎる。「そんなに気にしないでいいのよ。たしかにあざはあるんだし、誰のせいでもないんだもの。わたしが気にしてないのに、なぜ、母さんが気にするの？」

「気にしているくせに」エルスペスが嘲笑《あざわら》うように言って、磁器の破片を床にほうった。「わたし、あなたが鏡をのぞいているところを見たわよ。わたしみたいに美しくなりたいと願いをかけていたんじゃない？」

「あら、わたしがあなたみたいになりたがってるって思いこんでるの？　とんでもないわよ、エルスペス。あなたは美人かもしれないけど、だからって冷酷さまでは隠せないもの」

エルスペスは顔をそむけ、一瞬、壊れた磁器の破片を見おろすと、ぷいと部屋を出ていった。

「ダーリン、なぜ、こんなことをしたの？」ミセス・ホイットニーが泣きながら言う。

「こんなことをしなくても、事態は悪すぎるっていうのに。ルイスがなんて言うか……ああ、いっそ死んでしまいたいわ！」

コレットはこみあげてくる痛みをのみこんだ。三年前、母が成功したビジネスマンのルイス・ホイットニーに出会い、ルイスの興味を惹《ひ》いたと言って、あんなに心をはずませていたというのに。

夫を亡くして四年間、母は娘とふたり、その日暮らしの生活を送っていた。とうとう小さなテラス付きの家まで修理代が支払いきれないために手放し、アパートを借りたところだった。そこへ思いがけなく、ルイスからプロポーズを受けたのだ。母レニー・ムーアは美しく、三十六歳とは思えないほど若々しかった。

「奇跡がおきたのよ！　あのひと、お金持で、フェアリーにすてきな家までもっているの。あそこは高級住宅地だってこと、あなたも知ってるでしょ！　あなたが何不自由なく育って、本当にすてきなひとびとと知りあいになれるなんて、すばらしいことね！」

母は興奮して、十四歳の娘に告げたものだ。けれどもじっさいは、コレットにとってすばらしいことなどひとつもなかったし、本当にすてきなひとと知りあえることなど一度もなかった。

そもそも、ひと目見たとたんにルイスが嫌いになったし、娘のエルスペスにはすぐさま劣等感を押しつけられてしまった。ほかに行き場がないためにこの家にいることを黙認してもらうほかない無器用な中学生に向かって、エルスペスは言ったものだ。

「働ける年になったら、さっさとここを出ていくといいわ。父もわたしも、あなたにいつまでもうろうろされると考えただけで、うんざりなの」

最初、エルスペスは醜いあざを見てはたじろいだものだが、しだいに慣れてくると、こんどはコレットに思いださせるためだけに、ときどきあざのことを口にするのをやめようとしなかった。

母のレニーにも娘にも、ルイスがただ家政婦を――家庭を安上がりに切りもりする人間を求めていただけだとわかるのに、それほど時間はかからなかった。ルイスは世にもまれなけちで、絶対に家政婦に給料を払いたくなかっただけのことだった。

ミセス・ホイットニーは最初から女中扱いで、ついでに便利な添い寝の相手を兼ねているだけだった。ルイスは一度も妻に贈りものをしたこともなければ、どこかへ連れて出かけることもなかった。そのうえ、一年ほど前からは、毎週きまってひと晩外出し、真夜中すぎに帰宅するようになった。

コレットと同じ会社で、同じタイピストとして働いている親友のメリエル・ヴィンセントは、ルイスが別の女性と夕食をとっているのを目撃したという。

「噂《うわさ》によると、昔から浮気者だったそうよ。あなたのお母さんもあんな男にめぐりあってお気の毒ね。昔はとてもきれいだったもの、お相手は選《よ》りどり見どりだったでしょうに」

コレットとメリエルは学校の同級生だった。ふたりとも未亡人の母をもったために、むりやり進学のことは忘れようと努め、卒業すると、授業料免除制度のあるリヴァプールの社会福祉カレッジに通い、そのあと、いまの職場を得たのだった。

もともと給料の高い職種ではないうえに、ふたりともまだ十七歳なので、最高給をもらうまでにはほど遠い。コレットにはそれが一番のいらだちの種だった。もっといい収入さえあったら、不幸以外何も見出せない家から母といっしょに出ていくことも考えられるのに。

テラス付きの家を売ったお金のことを母に問いただしたこともある。そのお金さえあればアパートを手に入れて、自分がもうすこし稼げるようになるか、母が職を見つけられるまでのあいだ、なんとか乗り切れるにちがいないと思ったものだから。

「お金はみんな、おまえの義理のお父さんに渡してしまったわ……」

「渡したですって？　でも、あれは母さんのものなのに！」

「わたしのために株を買ってくれるって言うから――ふつうの銀行に置いておいてもなんの得にもならないからってね。このあいだ、どうなったかたずねてみたら、投機はだめだったって言うの。全部、損したって……」

ルイスの話は信じられないけれど、母にも、母から金を奪った男にも、疑惑を口にしたところでむだだと気づかずにはいられない。ルイスは金に汚くて、いったん手にした金は

―ペニーさえ手放そうとしないにぎり屋だから。

コレットが会社勤めをはじめるようになると、エルスペスがコレットを家から追いだすよう父に頼んだことがある。けれどもルイスは、はてしない雑用に追われる母を手伝うコレットの無料奉仕を失うのをためらった。

計算高い頭でコレットが入れる食費を考慮し、そのうえ、パート・タイマーの庭師の仕事を彼女に肩がわりさせることを思いついた。コレットはいままでどおり家にいることを許され、義理の姉をうんざりさせたものだ。

エルスペスには、コレットが知りあう前から、大勢の愛人がいたけれど、いまはものすごい大富豪と噂されるギリシア人にのめりこんでいる。相手の家はボリーエスポラデス諸島のひとつ、美しいアティコン島にあるという。エーゲ海最大の島エビア島の北にあたる。彼はいまはビジネスでイギリスにいるけれど、その内容まではエルスペスも口を閉ざしていた。

けれども、イギリス滞在はそのうちに終わりになるはずだから、近い将来にふたりのあいだにおこる問題に、コレットは当然のことながら好奇心を抱いていた。

「お義父《とう》さんよ！」

おびえた叫び声にもの思いから引き戻されたコレットは、母のおどおどした視線を追う。

「まさか、わたしを殺しはしないわよ」

そうは言ったものの、膝から力が抜け、心臓が早鐘のように打つのがわかる。

「怒り狂うにきまってるわ！　ああ、コレット、どうしてあんなことでかんしゃくをおこしたりしたの？　おまえらしくないじゃないの」母はこまかい破片をひろい集めながら言う。「いつもは、なんとかあの子の侮辱を無視してきたのに」

「わたしを侮辱したのなら、もちろん無視したわ。でも、母さんにまで矛先を向けたんだもの——もう我慢できなくて。ふたりとも人でなしだわ！　荷物をまとめて、さっさと出ていきましょう！」

「ばかなことお言いでないよ。わたしたち、どこに行くっていうの？」

「まず、あのお金を母さんにかえさせなきゃ」

「そのことで気まずくなったとき、ルイスは言ってたわ、わしの言葉のほうを裁判所はとりあげるって。お金は投機ですってしまって、それでおしまい。わたしだってあのひとが株をやることに賛成したんだもの、もう戻ってきはしないわ」

「もし母さんが別れれば、義父《とう》さんだって慰謝料くらい払わなきゃならなくなるわ」

かすかに軽蔑《けいべつ》するような笑いが、ほんの一、二秒、ミセス・ホイットニーの血の気のない唇に漂う。

「そういうことはのらりくらりとごまかすひとだってこと、おまえもよく知ってるでしょ。じっさい、わたしには一ペニーだって自分のお金はないのよ。コートひとつだって、下着の替えみたいな必需品でさえ買えないのよ。わたしのもってるわずかなものは、みんな、おまえが買ってくれたものばかりじゃないの」

ひと月にかならず一度、家計費を調べる義父のやりかたを思い、コレットは眉根を寄せた。義父はふいの出費のための小口現金払いでも一ペニーの支払い先まで知りたがり、とことん母に説明させる。食費やその他もろもろの費用は、いろんな商店の請求書を受けとってから自分で小切手を切ると言いはって、何ひとつ妻がタッチできないようにしてあった。

もちろんコレットの給料の大半もルイスに渡った。が、さいわい、わずかな昇給には気づかれなかったので、コレットはささやかながら母に小遣いを渡せたし、自分もルイスに認められた小遣いよりちょっぴり余分にもつことができた。

誰にたいしてもけちなルイスでも、自分の娘には気前がよかった。エルスペスには稼いだ給料を全部自由に使わせている。だからこそエルスペスは、いつもきれいに着飾り、高価な香水や化粧品を買い、町最高の美容師のお顧客《とくい》にもなれたわけだ。

ルイスがすぐうしろにエルスペスを従えて入ってくる。まだあたりに散らばっている磁器のかけらを指さし、エルスペスが声をつまらせて叫んだ。

「気の毒なお母さまの宝物だったダービー磁器を見て！　何代もの召使いたちが傷ひとつつけなかったっていうのに。それが、いまは……薄汚い裏町の雌犬の気まぐれのせいで、粉々になったのよ。この子ったら雑貨屋で買えるとでも思ってるんだわ!」

激しい怒りにぎらつくルイスの目が、怒り狂った娘の顔から床へ、さらに縮みあがっている妻へと、ゆっくり移動する。おびえきっている母を見て、コレットの怒りは爆発した。なぜ殺人事件がおきるのかわかったような気がする。この瞬間なら、異常なまでに母を卑屈にするこの男を殺せそうだった。残酷な口から叱責《しっせき》の言葉が長々と出てこないうちに、こちらから切りだすしかない。

「エルスペスが悪いのよ! 母さんを侮辱するんだもの——行商女みたいだって! いったいどこを指してそう言うのか知りたいわね。エルスペスはこのカップを母さんが使うのはふさわしくないと考えた。だから、わたしはどう思っているか行動で示しただけよ!」

「わざと割ったんだな?」低く、荒々しい声。「おまえ、この値打ちがわかっているのか?」

「値打ちなんかどうでもいいわ。そんなに大切な品物なら銀行にでも預けといたらどうなの! そんなもの、ここには必要ないわ!」

「ここだって? まさか、ここがわしの家だってことを忘れたわけじゃあるまいな?」

「いつも恩着せがましく言われてるんだもの、忘れるわけないでしょう?」

「鞭《むち》でぶたなきゃわからないのよ!」

父をそそのかすようにエルスペスが大声で叫ぶ。避けるいとまもなく、義父はコレットの腕をわしづかみにし、冷酷にねじあげた。コレットは苦痛に思わず悲鳴をあげる。

「このがきめ！　おまえの醜い顔に一発くらわしてやる。おまえのために、反対側にもあざをつくってやるからな！」

なぐりつけるかわりに、義父はコレットを突きとばし、ふるえている妻の前に仁王立ちになった。

「さて、おまえだが……値打ちものにはいっさい手を触れるなと言っといたはずだぞ。おまえなんか一度だってあんな貴重品を使ったこともないんだから、扱う資格などないんだぞ！　いいか、おまえの娘に弁償させてやるからな……」

「あの子、そんなお金もってないわ、ルイス。あなただってご存じでしょ。あなたがあんなにたくさんとりあげなかったとしてもよ」

「そうだな、これからはもっとまきあげてやるさ！」ルイスは小ばかにしたように妻を眺める。「さっさとシャワーを浴びて着替えたらどうだ。まるで何カ月も風呂に入っていないような格好で給仕されると、胸がむかつくわ！」

コレットと母親はたがいに顔を見合わせる。ルイスが大股に部屋を出ていき、エルスペスもすぐあとを追って、うしろ手にばたんとドアを閉めた。

「ごめんなさい、母さん。みんな、わたしが悪いのよ」涙がこみあげてきて、コレットは顔をそむけた。「黙っていればよかったのに」

「それに、かんしゃくをおこすのもよくないわ、コレット。あのティー・セットはきれいだわ。わたしもよく見とれてたものよ、いったいどのくらいの値打ちかしらって考えながら。それをもう三つも壊してしまって……野蛮なふるまい以外の何ものでもないわね、コレット。ルイスがかんかんに怒っても、責めることはできないわ」

いまだに腕が痛い。母にどんな思いをさせるか考えもしないで、コレットは心にあることを思わず口に出してしまった。

「なんとかして逃げだしたいわ！　このみじめな生活から逃れられるのなら、わたし、喜んでメイドにだってなるわ……」われながらぎょっとして母のもとに駆けよる。「嘘《うそ》よ。絶対、母さんとは離れないわ。離れられないもの！」

母は涙をうかべて娘を見つめた。

「じつはね、わたしもそのことをずうっと考えていたのよ、コレット。わたしの過ちでおまえまで苦しまなきゃならない理由はないんだもの。おまえは引っ越して、自分自身の道を切り開いていくべきだと思うの。

いま、思いついたんだけど、メリエルのお母さん――ミセス・ヴィンセントなら、きっとおまえを下宿させてくださるわ。大歓迎してくださるんじゃないかしら、おまえが自活するってことなら……」

コレットは片手をあげて母を制した。もう、そんなことは考えなくていいの。ふたりが別れ別れに暮らすなんて問題にもならないわ。わたしが〝敵の陣地〟と言ってるような家に、母さんひとりを残して孤独な戦いをさせるものですか！

「わたしたち、このことじゃ一心同体なのよ。母さんだって、再婚がわたしのためになるって考えたこと、覚えてるでしょう？　あとで、ふたりのどちらのためにもならないってわかったところで、事情は変わらないわ」

いわゆる庶民のひとりであったコレットは、本当の優雅な生活や〝豊かな社会〟の恩恵もほとんど知らなかった。地元のパン屋の配達人だった父ムーアは、それほど稼ぎがあったわけではないけれど、尊敬もされ、金銭の面でも信用が厚かった。典型的な労働者階級の暮らしではあったが、子供のころのコレットは、両親からありあまる愛を受けて育った。

夫を失うという悲劇は、ひととき、レニー・ムーアの感情を枯れさせてしまい、娘を顧みないこともあったけれど、その時期はまもなくすぎて、数年間の未亡人生活のあいだに、母とコレットはいっそう強い絆《きずな》で結ばれていった。

だから母が他人を父のかわりにすえようとしていることがわかると、コレットは大きな打撃を受けた。けれども、十四歳の少女にしては大人びた知恵を働かして、母の立場に立って考えたものだ——母さんはまだ若いのに、ひどい生活に耐えてきたんだもの。そのうえ、家の修理の心配まで加わったんだもの。ルイス・ホイットニーとの結婚は、母に襲いかかるすべての悩みを解決してくれる切り札になるかもしれない、と。

母のほうも、まぶしいほどの男性の注意を惹きつけたことにぼうっとなって、よく考えもしないで結婚を承諾してしまった。母娘ともども、夫ばかりか義理の娘にまでこき使われるようになろうとは思いもよらずに。

「おまえがなんと言おうと、おまえは自分の力で目いっぱい自分の人生を生きなきゃいけないと思うわ」

母は涙声でつぶやき、思わずあざを見やってあわてて目をそらす。コレットは優しく言った。

「母さんは、わたしが一生、結婚できないって考えてるのね？　でも、それは神さまの御手にあるんだもの、母さん。誰ひとりわたしと結婚しようとしなくても、わたしは愚痴なんかこぼさないわ」

「おまえはとても気立てのいい子よ、コレット。一度だって愚痴もこぼさず恨みも抱かずに、あるがままを受けいれているんだもの」

「悩んだところでどうしようもないもの。そんなむだなことに、なぜ時間と頭を使わなきゃならないの？」

けれどもコレットは、エルスペスが言ったとおり、幾度となく鏡に見入り、このあざさえなければどんなふうに見えるかと考えたものだ。母はいつも美しい髪だと言ってくれるけれど——ハニー・ブロンドの長い髪はゆるやかに波立ち、毛先が自然にカールしてつややかに肩にかかっている。肌も、濃い紫色のあざを除けば、透きとおってしみひとつない。このあざをはじめて見たとき、母さんは胸がつぶれる思いを味わったって言ってたけれど。

コレットは善良な青年、デイヴィ・マドックスの言葉を思いうかべる。デイヴィはあざに気づかなかったみたいに、わたしをうれしがらせてくれたものだ——つぶらな瞳は六月の空のように信じがたい色だって。キスしたくてたまらなくなる唇と、じつに美しい肢体で、天使の姿だとまで言ってくれた。デイヴィ自身はとてもコレットの理想とは言えなかったけれども、コレットはその言葉に聞きほれたものだった。

わたしの理想は……コレットは考えこむ。ふいにルーク・マーリスの姿が瞼《まぶた》にうかび、ほかの男性すべてを追いやってしまう。正式の名前はルキウス、古代神話の〝悪魔の火神ルーキフェル〟からとった名前だ。

ルークの魅力は一日じゅう彼のことを考えていられるほど圧倒的であることまで認めるつもりは、コレットにはなかった。ルークはエルスペスのものだし、たとえそうではなくても、ルークは一度もコレットに注意を払ったことがなかったから。それどころか、注意を払ってくれると思うことすらお笑いぐさだった。

けれども、ときには、勝手気ままな空想に身をゆだねることもあった——ルークの腕に抱かれ、長身のたくましい体を押しつけられて、異教徒に強引に唇を奪われるさまを。

その日ルークは、夕食が終わってからやってきた。エルスペスは二階にいたので、玄関のドアを開けたのはコレットだった。ルークは無関心にコレットを見やっただけなのに、コレットの顔にはさっと血がのぼる。

「エルスペスはすぐ参ります」

コレットはルークをなかに入れる。コレットがドアを閉めるあいだ、ルークはホールを見まわしていた。ジョージ王時代とヴィクトリア女王時代の様式が混じりあった家具。ペルシア製の絨緞《じゅうたん》。そして、ランドシーアの動物画とコンスタブルの風景画。

ルークは感心してるみたい。エルスペスこそ自分にふさわしい相手だと考えているんだわ――そうコレットは思う。もっともメリエルは認めないにちがいないけれど。

最初からメリエルは断言していた――エルスペスとはただの遊びよ。いずれにしろルークは結婚するタイプじゃないし、たとえ結婚するとしても相手は自分の国の女性に決まっているわ。ギリシアの女性なら男を立てることを知ってるし、別に反発もしないもの。

「居間へどうぞ」コレットはあざのない横顔のほうを向けるようにルークの横に移動する。

「ミスター・ホイットニーは外出していますので、誰もお相手できませんけど」

コレットはこれ以上ぎこちなくなれないほどあがっていた。声もおどおどと、無意味な言葉を並べるばかり。

「義父《ちち》は朝早く出たきりですし、エルスペスもすぐに出られませんから、しばらくのあいだ、おひとりでお待ちになって」

もう居間の前だった。コレットはドアを開け、片手でどうぞというしぐさをする。長身のルークはすごく高いところからじっとコレットを見おろしていた。面白がっているような、ばかにしたようなまなざしで。

「ぼくなら退屈で死ぬなんてことはないよ」

「わたし……あの……それじゃ、失礼します」

けれども立ち去りたくはなかった！　ルークと話す機会をつかんだのは、このときがはじめてだったから。ドアのそばにたたずみ、ルークを見あげ、ほんのちょっぴりでも興味をもってもらおうと必死の思いで話しかける。

「あの……何か……ご用はありません？」

ルークは眉根を寄せ、あくびをかみ殺してたずねる。

「用がなきゃいけないのかな？」

「別に……」そっけないあしらいに赤くなりながら小声で答え、けなげにももう一度ルークの興味を惹こうと、明るくつけ加える。「お飲みものはいかが？」

「いや、けっこう」

「それじゃ、失礼します。エルスペスがすぐ参ります」

窓辺に歩みよっていたルークが、日焼けした顔にけげんそうな表情をうかべてふりかえると、ため息まじりにたずねた。

「きみ、どうかしたのか?」

「どうかしたって、なぜですの、ルークさん?」

「ぼくに何か話したいことでもあるのかい?」

コレットはどぎまぎして笑顔を向ける。ルークの言葉を催促と受けとっていいかどうかよくわからなかった。

「あなたは島に住んでいらっしゃるんでしょう?」

「ああ。それが何か?」

コレットはごくんと唾をのみこんだ。心の一方ではエルスペスがすぐ姿を現すことを望み、もう一方では何時間も現れないことを祈りながら。

「島で暮らすなんてすばらしいでしょうね」

「うん、まあね」

「ここの生活よりずっとすてきかしら?」

「ずいぶん違うから比較はむりだな」

ルークの黒い瞳が、コレットの輝く髪から広くて知的な額へと移り、狭い眉のあいだに留まる。コレットはルークの表情を見守りながら、ルークが醜いあざに目を留めて眉をひそめるのを待った。けれどもルークはあざを飛びこえ、優しい曲線を描く胸を見つめる。ほとんど眉をひそめるようすはなかったけれど、だからと言って何も変わりはしない。

長いあいだ胸を見つめられて、赤くならないように努めながら考える。ルークは義理の姉の胸に触れたかしら？　メリエルに言わせれば、それ以上に進んでるってことだけれど！

メリエルはいつもの調子でずばりと言ったものだ——ルークはエルスペスのすべてを知ってるわよ。財布の底をはたいて賭《か》けてもいいわ！　エルスペスは自分を賢いと思ってて、ルークも手に入れたと思いこんでるわ。でも、もうすぐ思い知らされることになるわね、ギリシア人は〝尻軽な恋人〟とはけっして結婚しないってことをね。昔からそういう言いかたがあるくらいなんだもの！

「あなたの島には、いつも太陽が輝いているんでしょうか？」

コレットは沈黙を破ろうと、あえてたずねる。

「いつもとは言えないが、たいていはそうだな。ギリシアにも季節はあるんだよ」

「でも、寒くなることはないんでしょう？」

ふいに口をつぐむ。ルークの注意がそれたのに気づいて、くるりとふりかえる。

「まあ、ルーク！」

まるで猫が喉を鳴らすみたいなエルスペスの声。エルスペスはしばらく戸口にたたずみ、ゲーンズボロの肖像画みたいに美しいしなをつくって部屋に歩み入った。

「この子がうるさくしてたんじゃない？」ふいに眉根を寄せ、親指を立ててドアに向ける。

「さあ、あっちへいらっしゃい！　ご迷惑じゃないの！　あなたの勝手放題のふるまいを、ちゃんとお父さまに謝ったの？」

「わたし、謝るつもりなんかないわ！」

「何事だい？」

ちょっぴりびっくりしたルークが口をはさむ。

「わざとダービーのティー・セットを壊したの。一八一〇年代の品なのに」

「わざとじゃないさ。わざとそんなことをする者はいないよ、きみ」

「ルークにお話しなさいったら！」

エルスペスが命令したけれど、コレットはぱっと部屋からとびだした。涙がどっとこみあげてくる。エルスペスはそもそものきっかけになった自分自身のことは省いて、一部始終を話すにきまってるわ。

階段の途中で足をとめ、コレットは居間のドアにとってかえす。立ち聞きしたってかまうものですか。憎たらしい相手がわたしのことをなんと話すか知る権利くらいあるわ！

「本当に床に投げつけたのか！」

「床って言うよりは暖炉のなかによ。絶対に粉々に壊れるように。パパったらすっかりうろたえてたわ。だってわたしの母のものだったんですもの」

「きみのお母さまに嫉妬《しっと》しているってことかな？」

「わたし、前からそう思っていたの」

そんなことは一度も考えたことがなかったけれど、コレットはいまはじめて、ルークの言葉のせいでそうかもしれないと思う。

「あの子は変わった娘だからな。あのあざのせいでけんか腰になるんだろうな」

「間違いなくそうよ」そして嘲笑うような明るい笑い声が聞こえた。「あの子ったら、あなたにお熱なのよ、ルーク。あの子の目を見ればはっきりわかるわ、あなたからの電話のベルを聞いたり、あなたの車が私道《ドライヴ》に入ってくるのを見たりするときの目つきときたら」

「ぼくに……お熱だって！」愉快そうにルークは大きな声をあげて笑う。「おやおや！ 青臭い小娘なのは別にしても、ぞっとする大あざがあるんだよ！ ぼくが……いや、ぼくにかぎらず誰かがあの子に興味をもつなんてこと、本気で考えているのかな？」

コレットは目にいっぱい涙をためて逃げだす。ルークがそんなふうに、わたしのことを考えていたなんて……立ち聞きした報いだった。

2

メリエルの姉ジェインの二十一歳を祝う誕生パーティは、メリエルの言ったとおり豪華なものではなかった。けれども集まったひとびとは、義父やエルスペスや、エルスペスがよく連れてくるひとびととはずいぶん違って、足が地についた気持のいい連中ばかりだった。

つい、二、三カ月前にエルスペスが開いたパーティときたら、どこの土地でも見られる俗物《スノッブ》の大集合みたいで、メリエルがさも軽蔑《けいべつ》したように言ったものだ——なかでも、エルスペスが夢中になっているあのギリシア人、あのひとが最高の俗物《スノッブ》だわ！

ダービーのティー・セットを壊した翌日、憤懣《ふんまん》やるかたなくコレットは一部始終をメリエルにぶちまけたのだが、そのあとメリエルが母ともどもこのパーティに招いてくれたのだった。

「デイヴィ・マドックスは知ってるわね、コレット？」

デイヴィがやってくると、さっそくメリエルが引きあわせる。以前、お世辞を使ってうれしがらせてくれたことを思いだし、コレットはちょっぴり顔を赤らめた。そんなコレットにデイヴィはにっこり笑いかけ、必要以上に長いあいだ握手をしながら、夕食の〝予約〟をしてもいいかとたずねた。

「ミセス・ヴィンセントが食堂とホールの一部にビュッフェをつくると、二つか三つ、小さなテーブルを置く余裕ができるって言ってたからね。きみとテーブルの両方とも予約しておきたいんだよ……」デイヴィは軽やかに笑い声をあげ、灰色の率直な目でメリエルをふりかえる。「きみ、席をとってくれるだろ？」

「もちろんよ、差し向かいのテーブルね――居心地のいい片隅にでしょ！」

デイヴィは居間のカーペットを巻いてダンス・フロアをつくるのを手伝い終わると、最初のダンスはどうしてもコレットと踊りたいと言いはった。

いま、フィアンセと踊っているジェインの顔は輝くばかり。ジェインとはメリエルほどかかわりがないけれど、コレットは愛らしい友だちの姉が好きだった。横柄な態度と恩着せがましい話しかたをするエルスペスとは似ても似つかない。いつも魅力的に、まごころをもって接してくれる。ジェインのフィアンセも同様だった。

テープ・レコーダーが別の曲に変わる。デイヴィはコレットの手をとってダンス・フロアから離れ、メリエルを探しながらたずねた。

「楽しい？」

「最高よ！」コレットの瞳がきらめく。久しぶりに幸せそうな顔だった。「母も喜んでるわ。そのほうがもっと重要……」

はっと口をつぐむ。デイヴィには、フェアリーの大きな屋敷での自分たち親子の暮らしぶりについて話したくなかった。

「きみのお母さんはあんまり外出しないいんだね？」

「ええ、しないわ」

「なぜ？」

「そうね……やることがいっぱいあるから」

「外から見ると大きな家らしいけど、お母さんひとりで、手伝いもいないなんて。ひどい話じゃないか！」

「どうして知ってるの？」

「メリエルに聞いたよ……あっ、いたいた。メリエル、例の人目につかない席に案内してくれよ。ぼくら、ないしょ話があるんだから！」

デイヴィはおどけた調子で言い、メリエルも声をあげて笑った。

「食堂の隅がいいわ。ママの鉢植えの陰なの。二、三日前にはお化けだって寄りつかなかった鉢植えなんだけど、ママがちょっと手をかけて生きかえらせたから、最高の衝立《ついたて》がわりになるわ！　何か夕食をもっていってね。でないと、いいものはみんななくなってしまうわよ！　ハムとマッシュルームのお料理はどう？　おいしい……はずなんだけど。わたしがつくったの！」

「ちょうどそいつを眺めてたところさ。たしかにうまそうだ」

デイヴィは自分のためにひと皿、コレットのためにひと皿、山盛りにする。多すぎるけれど、コレットは何も言わないで受けとった。デイヴィのご執心ぶりにすっかり気をよくしていたので。

デイヴィったら特別にわたしを好きなのかしら？　そう思ったとたん、ルークの面白がっているような、ばかにした言葉が耳によみがえり、コレットは屈辱にすくんでしまう。いいえ、デイヴィはただ親切にしてくれてるだけだわ。大勢のひとが善良な青年だって言ってるもの――ルーク・マーリスと違って。

コレットはごく最近になって、ルークへの気持が自分にはまだ経験のない恋だと認めたばかりだった。しかも、自分の性質に反して恋してしまったというほかないけれど。

そもそもルークは善良な人柄ではないとわかっているし、傲慢《ごうまん》で、自分自身の魅力と、女たちが自分の容貌《ようぼう》と肉体と富に惹《ひ》かれる事実とをよく心得ていることもわかっている。たしかにルークにはすべてが備わっていた。ないのは魅力的な性格だけ。

あのエルスペスさえ骨抜きにできるんだもの。まるで王者のようにふるまい、エルスペスを家来のようにかしずかせて。エルスペスもそれに甘んじていた。大富豪との結婚に賭《か》けているエルスペスにとって、ルークはまさしくその範疇《はんちゅう》にあるのだから。

絶対に恋愛結婚とは言えないわよ、と、メリエルがきめつけたことがある——ルークはどんな女性も愛せないひとよ。そしてエルスペスのほうはコンクリートの壁みたいにハードだもの、エルスペスと結婚するほどクレイジーな男性が現れたとしても、とんでもない代償を支払わされることになるわね！

「何をぼんやりしてるんだい、コレット？」

デイヴィの穏やかな優しい口調に、コレットの口もとがほころぶ。

「ルークとエルスペスのことを考えてたの。あのふたり、結婚するかしらって」

「ぼくの聞いたところから判断すると、ルークは結婚するタイプじゃないね。もっともギリシアの男性は、いずれはたいてい結婚するけどね、たとえ跡継ぎを得るためだけだとしても。ルーク・マーリスはものすごい大金持だから、けっきょく、結婚するだろうな。でも、相手はエルスペスじゃない。これだけはたしかだよ」

コレットは何も言わなかった。自分がルークを射とめることはけっしてありえない。が、エルスペスもまたルークを射とめられなければ、かなり不幸な気持から救われるというものだ。たしかに意地悪だと思うけれど、でもあのエルスペスがわたしの恋している男性と結婚するなんて、とても耐えられないんだもの。

コレットと母がパーティから帰宅したのは真夜中すぎだった。驚いたことに二十分前に帰宅したというルイスが待ち受けていて、どこに出かけたのかと詰問する。小さなきずがあるためにバーゲン・セールで安く手に入れた、コレットのヴェルヴェットのイヴニング・ドレスを冷ややかに見やりながら。

　母もきれいだった。コレットに髪をセットしてもらい、すすめられるままにちょっぴり化粧をして、昔、コレットの父親がときどき連れていってくれた地元のダンス・パーティに着ていったロング・スカート姿で。

　母が黙っているので、コレットがかわりに答える。

「ジェインのパーティに行ったんです。ジェインっていうのはメリエルのお姉さん」

「いま何時かわかっているだろうな?」

　コレットの目に火花が飛ぶ。が、出かかった口答えの言葉は、母の懇願するような視線で宙にういた。二週間前にトラブルをおこしたばかりなのに、今夜はもうトラブルをおこさないで、と。ミセス・ホイットニーがいらだつ夫の、険しい横柄なまなざしに射すくめられて説明する。

「あと始末を手伝っていたのよ。遅くなってすみません」

「でも、あなたにはちっとも不便をかけてないわよ」コレットは口をはさまずにはいられない。「あなただって外出してたんだもの。母さんがあなたのためにすることは何もなかったはずよ」

ルイスは口を真一文字に結んでコレットをにらみつけた。コレットもにらみかえしながら、心底ルイスを憎いと思う——冷酷な薄い唇も、ひとを脅かす虎みたいな目つきも。ルークならすてきに思える長身すら気に入らない。いったい母はこの男のどこを見ていたのかしら?

「こんなことは二度とするな」義父は神経を逆撫《さかな》でするような耳ざわりな口調で言う。「レニー、コレットと出かける前にはわしの許しを得るんだぞ。ティーンエイジャーみたいに出歩きおって。わしに恥をかかせるんじゃない!」

「ごめんなさい。わたしの外出のことなんか、お話しするほどのことだとは思わなかったのよ」

「わしの許しを得てからにしろ! わしの許しだぞ、わかったな!」

「はい。こんどから気をつけます」

「こんどってことは絶対にないからな! ところで、おまえのほうだが……」ルイスは義理の娘に向きなおる。「こんな時間まで出歩くには若すぎる。これからは十時までに家に帰れ。絶対それより遅くなってはいかん!」

「そんなの、いやよ!」

「コレット、お願いだから……」

「いつもいつも黙っているわけにはいかないわ、母さん! 母さんの生活なら管理できるかもしれないけど、わたしの生活まで管理はさせないわ！　わたし、自分の好きなときに出かけて、好きなときに帰ります！」

「わしの言うとおりにするか、さもなくば出ていけ！」ルイスはドアに向かい、戸口でふりかえると、不幸な妻に言い渡した。「すぐベッドにこい！」

あまりにも露骨な言葉に、ミセス・ホイットニーもコレットも、ぱっと顔を赤らめる。

「行かないで、母さん！　わたしの部屋で寝ましょう、ドアに鍵《かぎ》をかけて……」

「むりよ、ダーリン。いつか自由になれる日もくると思うわ……」玄関のドアを鍵で開ける音に、ミセス・ホイットニーは足を止める。「エルスペスよ」

「こんな時間に？　エルスペスの遅い帰宅には何ひとつ文句を言わないくせに！　毎晩、遅いっていうのに」

ルークがイギリスを去ると聞いたのは、それから三週間後のことだった。コレットはほとんど食べものも喉をとおらず、熟睡もできずに、いまかいまかと婚約発表を待ち受けていた。

ルークはエルスペスとパリで週末をすごしたあと、美しいエメラルドとサファイアのブレスレットを贈っていたし、一週間にわたるロンドンの商用の旅に伴ったあとには、ダイアモンドのイヤリングを贈っていた。コレットは思いきって義姉《あね》にルークの仕事をたずねてみた。

「あらゆることを手がけてるわ。オリーヴと果物の栽培と輸出。それに、ワインも扱ってるわ」エルスペスはいつものようにあざに目を留めたが、コレットはいまでは侮蔑《ぶべつ》のまなざしに慣れっこになっていた。「あなた、若いお相手を見つけたそうじゃない？　どんな子か想像もできないけれど」〝たで食う虫も好き好き〟ね。わたしの知ってるひと？」

「知らないと思うわ。いずれにせよ、あなたは興味ないでしょ」

「まさにそのとおりね」声をあげて笑ってから、哀れむようにコレットを見やる。「何をして生計を立ててるの？　どうせ労働者か何かでしょうけど」

軽蔑の目を投げかけて、コレットは母を手伝うためキッチンに入った。母はエルスペスが一週間のロンドン滞在からもち帰った下着やブラウスを洗濯していた。洗濯ものをひっつかんで義姉に投げつけてやりたいと思う。ますます欲求不満がつのるばかり。なんとかこんな状態から母を連れだしたいのはやまやまなのに、いまだに方法さえ見出せないのだから。

その夜、エルスペスはちょっぴり元気がないように見えた。いつもならすくなくとも一時間は自分の部屋に閉じこもって外出の準備をする時間なのに、着替えに立とうともしない。コレットはたずねずにいられなかった。

「家にいるつもり？」

「あなたに関係のないことでしょ！」コレットの服に気づいてつけ加える。「どうやら、あなたはデイトみたいね。その子の名前、なんて言うの？」

「あなたに関係のないことでしょ」

仕返しのチャンスがもててコレットはいい気分だった。ダンス・パーティの夜以来、コレットはデイヴィとつきあっていたけれど、週に二回しか外には出かけなかった。あとは、コレットの母もまじえて家ですごす。

この取り決めに、デイヴィがうんざりするだろうと最初は危ぶんだけれど、驚いたことに、デイヴィは気にするどころか、コレットが母をひとりにしたがらないことに同情と理解を示して、快く受けいれてくれた。エルスペスも父親もいつも留守なので、デイヴィはどちらにも会ったことがない。もちろん、会いたいとも思っていなかったけれど。

その夜、コレットはデイヴィと小さなレストランで夕食をとった。デイヴィは二十キロほど離れた大きなデパートの店員で、裕福ではない。職場近くの独身寮に住み、やっと小型車を乗りまわせる程度だ。

「ぼくは気楽なものさ」デイヴィがテーブル越しに笑いかける。「うんと稼げるとは思わないけど、満ち足りた生活のほうが富なんかより大切さ。そうだろう、コレット？」

デイヴィの質問に隠された意味がわからないではないけれど、突然何もかも、もの悲しくなってしまう。ルークのことが心にうかぶ。コレットはいつもルークのことを考えていた。きまって、ばかにしたような態度を示し、いつもあざに目を留め、ごくたまに冷ややかに話しかけるだけの相手なのに。

　デイヴィは一度もあざを気にかけたことがないらしい。じっさい、コレットの知るかぎり、一度だって目を留めたことがなかった。コレットはやっとの思いで、返事を待っているデイヴィに笑顔を向ける。

「そうね、デイヴィ、本当にそのとおりだわ」

「ぼくはこれでも貯金してるんだよ、楽々とじゃないけど。二、三年前に収入いっぱいまで使わないようにしようと決心してね。だから、どんな出費があっても、毎月いくらかは銀行に預金してるんだ」

「わたしもそうできればいいんだけど」一瞬、デイヴィのほのめかしに気づきもしないでため息をもらす。「母が結婚するとき家を売り払ったこと、話したでしょう。そのお金をルイスにとりあげられて、まだかえしてもらってないこと、話したかしら？」

「ああ、聞いたよ」

「ルイスにお金をかえさせるのは不可能かしら？　お金は確実な事業に投資することになっていて、危険な思惑買いをするはずじゃなかったのよ」

「むりだろうね、ルイスは同じことだって言うさ。メリエルから聞いたこととか、きみやきみのお母さんがもらしたことから判断すると、ルイスはまさかのときのために奥の手を用意している感じだもの」

「亡くなった父は、家のローンを払うために奴隷のように働いたのよ。いったい正義はどこにあるの?」

「やきもきするなよ、ダーリン。しばらくすれば何もかも解決するさ」

ダーリンと言われて――この交際の行方がわからないほどコレットも盲目ではなかった。デイヴィは真剣だし、結婚の申しこみにどう対応するか、すでに心に描いてみたことさえある。

この生活から逃げだせるんだわ……。しかし、考えられるのはそこまでだった。たちまちあの浅黒い長身のギリシア人の姿が入りこみ、ほかのすべてを覆いつくしてしまったから。

大皿からコレットの皿に野菜をとりわけているデイヴィを見つめる。白い肌、正直な顔、率直な灰色の目。デイヴィが優しくほほ笑みかける。コレットは息をのんだ。

このひとを愛することができさえしたら! ルーク・マーリスに出会いさえしなかったら! エルスペスが悪いんだわ。何もかもエルスペスとエルスペスの父親が悪いんだわ!

「これくらいでいいかい?」

コレットはうなずいて、デイヴィがこんどは自分の皿にとりわけるのを見守る。デイヴィの母への態度を思いうかべながら――ときどきチョコレートの箱や花束を贈ったり、優しく腕を貸したり、最近はおやすみの軽いキスまでする。

デイヴィは母をじつの母親みたいに扱う。彼は母親の死からちょうど一年目に父親も亡くし、十六歳のときから十年間、ひとりで生きてきたのだった。

食事が終わると、デイヴィはコレットを車に連れ帰った。コレットが腰かけるのを見届けてから額にそっとキスをしてドアを閉める。ラッキーだと思う。デイヴィのような魅力的な性格の青年に関心を寄せられているのだから。ひどいあざのせいで、絶対に男性の興味は惹けないものと思っていたのに。

「湖までドライヴしてみない？　もちろん、ほんのちょっとだけさ。きみがお母さんを長いあいだひとりきりにしておきたくないって気持は、ぼくにもよくわかっているよ」

「ルイスが命令したのよ、毎晩十時までに家に帰れって」

「ルイスが……なんだって？」デイヴィの口調に怒りがにじむのを聞くのははじめてだった。「命令しただって？　コレット、ぼくでさえやつを投げとばしたくなったよ！　きみに命令するなんて、いったい何さまだと思っているんだ？」

「ルイスは自分の家だってことをはっきり思い知らせたわけ。自分に従わなければ、さっさと出ていけってね。わたしが出ていけないことがわかっているからそう言うのよ。でも、ルイスだって真夜中すぎまで待っていられないもの、わたしたち、湖に行けるわよ。でも、長くはいられないけれど」

「出ていけって言ったんだね……出ていけって？」

湖畔の停車用の脇道に車を停《と》めると、デイヴィはぱっとコレットをふりかえる。

「コレット、ぼくがきみのことをどう思っているか、きみにもわかっているだろう？　でも、きみは……すこしでもぼくを思ってくれるかい？」不安に緊張した声だった。「ダーリン、きみがぼくに好意をもってくれていることはわかっているけれど、ぼくがほしいのは愛なんだ」

デイヴィに手を握られたまま、コレットの心は重かった。それなのに、どこかひとすじの光明がある——逃げだせるわ、それも母さんといっしょに。

「まだひと月にもならないのよ」

「ジェインのパーティの前にも会ってるよ。覚えてないかい？」

「もちろん、覚えてるわよ、デイヴィ。だって、はじめて男のひとに優しい言葉をかけられたんですもの」

「ぼくが最初だったなんてうれしいよ」

「デイヴィ……」コレットはため息をもらす。「このあざは……」

「不必要にきみをくよくよさせているしろものにすぎないさ。大切なのは上っ面じゃなくて中身なんだよ、コレット。ぼくはきみを愛しているし、これから先も変わらない。たとえきみがぼくと結婚しなくても、いつまでもきみの友だちでいるつもりだ。ほかには誰もいらない。心からきみにそう誓うよ」

低く重々しい口調には、不安も混じっていた。何よりもデイヴィの望んでいる言葉を口にしたいのに、コレットの目の前にはルーク・マーリスの顔がちらつく。横柄で、皮肉まじりに面白がっている、あの挑むような顔が。

まるで、じっさいに話しかけているみたいに、声まで聞こえてくる——きみがデイヴィを愛しているなんて言ってみろ、猫かぶりもいいところだぞ。きみはぼくを愛しているんだから。これから先もずっと愛し続けるんだから。きみの体も心もぼくのとりこになってしまったからには、生きているかぎり、二度と自由にはなれないさ……。

「デイヴィ」コレットは口ごもった。「もうすこし時間をちょうだい。お願い……わたし、男のひとに求婚されるなんて一度も考えたことがなかったから、とてもうれしいのよ。でも、真剣に考えたことがなかったから……」

「卑下なんかするなよ、コレット。ぼくにとっては、きみはすばらしいひとだもの。謙遜《けんそん》なんかしてほしくないんだよ。きみがぼくと結婚すれば、名誉を与えられたことになるのは、ぼくのほうなんだから」

コレットはデイヴィを見つめる。心の奥底の深い感情に突き動かされて、涙でかすむ目で見入る。同時に、もの悲しく、恐ろしいほどのうつろさを味わいながら。

「あなたって、ほんとにすばらしいひとね。あなたみたいにいいひとに会ったことないわ、デイヴィ」

「いいひとか……いいひとだけかい、コレット？」

「すばらしいとも言ったわよ」

声を合わせて笑ったとたんに、気持がほぐれる。デイヴィはコレットの手をぎゅっと握りしめると、イグニション・キーをまわした。月光にきらめく湖のかなたの丘に、ノーフォードの小さな村の明かりが小さく固まっている。車を走らせながらデイヴィが言った。

「きみは時間がほしいって言ったけど、じっさいの話、いましばらく待たなくちゃね。必要なことをするだけのお金がないんだから。ぼくは小さな家がほしいんだよ――お母さんと、ぼくらの三人のために。でも、家どころか、必要な家具をそろえる貯金すらないんだ。でも、借金はできるかもしれないけど」

「借金って？　誰から？」

「ぼくの義理の伯父さ」

「あら……そんなひとのこと、一度も聞いたことなかったけれど。あなたには親戚《しんせき》は全然ないと思っていたのに」

「彼ひとりさ、しかも血のつながりもない。年寄りの守銭奴でね、広大な牧場のまんなかのばかでかい館に住んでいる。大地主なんだけど、別の言いかたをすれば、けっしてひとと交際しない変わり者だ。ぼくもじつは、伯父のことは何も知らないんだよ。知ってることと言えば、デヴォンに住んでいて、クリスマス・カードを交換してるってことだけ。ほかには何も！　カードにひとこと書き添えることさえしないもの！」

「それじゃ、借金を申しこむのはむりじゃない？」

「なぜ？　しちゃいけない理由もないさ」

「伯父さんは気にも留めないわよ」

「それはまた別の問題さ……気前がいいかもしれないし……そんなこと、誰がわかる？」

コレットは思わず吹きだした。デイヴィがぱっとふり向くのがわかる。めったに笑わないので、驚いたらしい。

「あなたってすごい楽天家なのね、デイヴィ。それに、わたし、まだ結婚するかどうか決心してないのよ」

「わかってる。とにかく借金は頼んでみるよ。でも、何かの奇跡でお金が借りられても、ぼくとの結婚を承諾しなくちゃいけないなんて思わないでいいよ」

「ありがとう。でも、母にはまだないしょにしててね。わたしの気持がはっきりするまでは、だめよ」

その夜、コレットは眠れなかった。未来にとうとう何かが現れたのだから——みじめな現在の生活を覆いつくす暗くむなしい闇《やみ》に、ひとすじの明かりが現れたのだから。

それなのに、デイヴィをけっして愛せないだろうという思いが重くのしかかっている。

別の男性に心を奪われながら結婚しても、それほど悪いことではないと言い聞かせてみても、むだだった。

会社の社長令嬢の結婚式の招待状を受けとるなんて、コレットもメリエルも夢にも思っていなかった。現実に、ある朝、デスクの上に金縁の招待状を見つけたときは、文字どおり口もきけないほどだった。

「サー・ハロルドがわたしたちの存在に気づいていらしたなんて！」メリエルが叫ぶ。「お偉方にとって、わたしたちは大きな歯車のごく小さな部品にしかすぎないと信じていたのに！」

「わたしもよ、わけがわからないわ」

コレットは招待を受けていいものかどうか思い悩んだ。ひとつには、大勢の著名人に囲まれるなんて勝手が違うせいで。もうひとつには、ふさわしいドレスなど一枚もなかったせいで。

招待の説明は、全社員がほとんど食堂に集まる昼食のときに行われた。部長が現れ、短いあいさつをしてから、ドロシーも父親のサー・ハロルド・ホームレイも社員の参列を希望しているとのことだった。

「社員諸君、部長や重役が招待されているのに、ともにけんめいに働き、ともに会社の運営に欠くことのできない諸君が参列しないのは、大きな誤りであると思われます。そこで全員に公平である選抜方法を考えました。諸君の名前を箱のなかに入れて、十人の名前をドロシー嬢に引いていただいたわけです……」

「考えてごらんなさいよ」メリエルが興奮して言う。「あなたとわたしが、ふたりともあたるなんて夢みたいね」

「わたし、着て行くものがないわ、メリエル」

「そう……？　わたしのでなんとかなるわよ、きっと。わたしたち、ほとんど同じサイズでしょ。今日帰りに家に寄って、わたしの乏しいドレスから見つけたらどう？　高価なものじゃないけれど、きれいよ」

「きっとそうね」心がはずんでくる。「あなたって趣味がいいもの、メリエル」

「エルスペスに話す？　きっと羨《うらや》ましがるわよ！」

「何も言わないわ。わたしが出かけるのを邪魔立てするにきまってるもの。ダンスは遅くまであるんじゃない？　トラブルを避けるために、わたしは途中で抜けるしかないと思うけど」

メリエルは十時の門限に憤慨したけれど、コレットは十一時までには帰宅するつもりだった。ルイスがいつもより早く帰宅するとしても、十一時なら大丈夫だから。

3

結婚式もとどこおりなく終わり、招待客全員がサー・ハロルドの大邸宅、コンドヴァ・パークの大宴会場に集まったとき、コレットははじめてルークがきていることに気づいた。ぎょっとするコレットに気づいて、すぐそばにいたメリエルが心配そうに顔をのぞく。

「どうかしたの？　あなた、まっ青よ」

「あのひと……ルークよ」

宴会場の壁面ひとつに設けられたバーに、グラスをもって何げなく寄りかかっている堂々とした姿に、コレットは圧倒されてしまう。装いは完璧《かんぺき》だった。チーク材のような褐色の肌を引き立てる白いシャツ。くしけずられたつややかな黒髪。周囲からひときわ抜きんでた長身。話しかけている男に向けられた黒い瞳は、鋼のように鋭く冷たい。ルークの関心が連れの男に向いているのをさいわいに、コレットは心ゆくまで見つめることができた。

「こんなところにいるなんて！」メリエルも息をのむ。「エルスペスもいると思う？」

「見かけなかったけど……いえ、いないわ。今朝九時に出かけたまま、着替えに帰ってこなかったもの。わたし、お昼まで家にいたんだけど」

「それは感謝すべきね！　あの意地悪な女が招待されてたら、わたしの一日が台なしになっちゃう」

メリエルの同僚がやってきて、庭を見に行こうと誘ったときも、コレットはまだルークを見つめていた。ちょっと失礼というように笑顔を向けると、ルークから目を離せないまま立ちつくしているコレットを残してメリエルは去った。

当然、視線を感じないわけにいかなくなったらしく、ルークがふりかえる。コレットの目と目が合ったとたんに、ルークもびっくりして目を見張った。

度肝を抜かれるほど驚いたことに、ルークが歩みよってくる。コレットはまっ赤になった。メリエルから借りたドレスは魅力的だけれど、大きすぎる。だらしなく見えるばかりか、あざのせいで醜いのだから。目の前の床にぽっかり穴があき、ルークの尊大な視線から消えてしまいたかった。

「コレット！　こんなところで会えるとは夢にも思わなかったな」

ルークがあざに目を留め、コレットはますます赤くなる。わたし、すさまじい形相に見えるはずだわ。あざは鮮やかな濃い紫色にくっきりと刻まれ、もう一方の頬はまっ赤になっているんだもの。こんなにも堂々とした典型的な男性を前にしては、気おくれを感じないではいられない。コレットは口ごもりながら答える。

「わたしのほうこそびっくりしましたわ……考えてもみなかったから、あなたが……招待されてたなんて」

「サー・ハロルドとは数年来の知りあいでね」

「あら……そうでしたの？」

「きみはどうしてここにきてるんだい、コレット？」

「わたし、ホームレイ社で働いてるの」

「きみが？　エルスペスは何も言わなかったな」

「話すほどのことでもないと思ったんでしょう」

「ここの社員だからと言って招待される理由にはならないがね」

コレットはくじ引きの話をし、箱のなかには三百人以上の名前が入っていたのだから、特別に運がよかったのとつけ加えた。ルークに興味を示されて、コレットはぼうっとなっていた。

「すてきな結婚式だったわね？　ドロシーも輝くばかりに美しかったでしょう？」

「花嫁は皆、きれいに見えるものさ。きみたち女性が、その場にふさわしく自分を演出する能力には恐れいるな」

「ドロシーみたいな女性なら何もする必要ないわ。写真から判断すると、いつもきれいだから」

「ドロシーの写真、見たことあるの？」

「ええ、半年前、ドロシーがアルバムを送ってくださって、皆でまわして見たの。ドロシーはあのとおりだわ、いやみひとつなくて、あなたなら気づいてらっしゃるわね？」

ルークはかすかに微笑をうかべると、飲みものをいっきに干して、グラスをまわした。コレットはルークの細くて力強い指――愛撫《あいぶ》のとき胸をときめかさずにはいられない手だわ。コレットはルークに横顔を向け、無意識にあざを隠した。

体が熱くなってくる。追い払おうとしても追い払えない思いのせいで。あの手で触れてほしい。顔を、首を、胸を……そしてさらに下へと。甘美な戦慄《せんりつ》が全身を貫く。期待と恐れの入り混じった、まったく新しい感情にコレットははじめて目覚める。

突然、愛撫の手がデイヴィに変わった。コレットはぶるっと身震いする。寒々とした思いが吹き抜けていく。ああ、神さま、なぜエルスペスはこのひとを家に連れてきたりしたんでしょう！

「きみに飲みものをとってこよう。何がいい？」

思わず微笑がこぼれる。全神経がルークに、ルークが示してくれる心づかいに反応している。ほんのしばらくのあいだひとりにしてほしいと思っていたので、ルークがじっさいに飲みものをとりに行っているあいだ、コレットはしみじみとこの瞬間を味わう。

わたしがレモネードをと言ったら、あのひと、優しく笑って、もうすこし強い飲みものをとってこようって言ったわ……。

どういう飲みものかわからなかったけれど、飲んだとたんに頭がぼうっとなってしまう。コレットのグラスが震えていることに気づいて、ルークはソファのところに連れていき、コレットを座らせた。

「ごめんなさい。こんな特別な飲みもの、飲んだことがなかったの」

「そもそも酒を飲んだことがなかったんだね。とにかく、きみはぐいっとあけすぎたよ」

「喉が渇いていたんですもの」

「ウオツカは渇きをいやすものじゃないぞ」

「ウオツカですって！　どうりでひどい味だと思ったわ」

「味はしないよ。でも、きみにはレモネードのほうがいいな」

歩み去るルークのうしろ姿を眺める。ゆったりとした足どりに尊大さと自信があふれていた。いったいわたしを惹《ひ》きつけるものは——光に群がる蛾《が》のようにわたしを惹きつけるものは、何かしら？

たしかに善良な人柄とは言えないわ。あまりにも傲慢《ごうまん》で、あまりにも自信満々だもの。古代ギリシアの彫刻家の刻んだギリシアの神々のように、厳しく高貴な顔立ち。あまりにも優れていて、ひとをおどおどさせてしまう。わたしなんか劣等感のかたまりにされてしまうもの。

コレットはほとんどルークを独占している義理の姉が羨ましかった。それだけでなく、ルークを和ませる力まで備えているのだから。じっさいに義姉に優しいルークを見たことがあった。冷笑や皮肉の影もない微笑には、優しい主人を思わせるものがあって、ぐっとくる感じだったわ。

セックスのことについては何も知らないけれど、きっとルークはヴェテランにちがいない。ルークにとっては外国であるイギリスでさえ、プレイボーイだの女たらしだのと噂《うわさ》されているんだもの……世界一みだらな男たちの国だというギリシアでは、いったいどんなだろう?

けれども、ルークのような男性でも、かならず恋に落ちるときがあり、いつの日か最後の愛が訪れる日があると思う。そのときこそ、平穏でまっとうな生活に落ち着き、妻と家族をこよなく大切にするようになるんだわ。

ルークがレモネードと自分の飲みものを手に戻ってきて、驚いたことにコレットと並んで腰をおろし、気分はよくなったかとたずねる。すんでのところで酔っ払うような飲みものをもってきたものだから、きっと責任を感じたんだわ。

「ええ、ありがとう。もう大丈夫みたい」

「きみはシャンパンにも気をつけたほうがいいな。ぼくが見張ってなくちゃいけないかな。

見渡したところ、ほかにその役をやるひともいないみたいだから」

思ったとおり、ルークは責任を感じたんだわ！ ということは、わたしを子供扱いしてるってことね。思わずため息が出る。このひとはいくつかしら？ 二十七か八らしいけれど、細長いあごを引き、官能的な唇を固く結んで冷たく近寄りがたいときには、もっと年上に見えるみたい。

「どうしてもシャンパンは飲み干さなきゃいけないの？」

「もちろんさ。皆が幸福なカップルに乾杯することになっているんだから」

「皮肉っぽく聞こえるみたい」

しだいに自信がついて、口ごもらなくなったことに自分でもびっくりする。

「結婚についてかい？ 結婚とは、女性にとっては燃えるような野心だが、男性には堕落だからね」

「あら、でも……エルスペスは」義姉にたいするルークの気持をどうしても知っておきたい。「ときどきあなたといっしょに出かけてて……」

「ときどきじゃない。この一、二カ月、ほとんど毎日だよ。でもそれだけだ」

「だって、すてきな宝石を買ってあげたでしょ」

「もちろんさ。誰でもすることじゃないか」

ルークはくつろいで周囲を眺めている。誰でもすることじゃないか――プレイボーイや女たらしの手管など何も知らないコレットにも、ルークの言葉の意味を理解するのはむずかしくなかった。心がうきたつ。ルークが義姉なんかと結婚するつもりがないとわかってうれしくてたまらなかった。エルスペスを利用し、楽しんだけれど、国に帰るときはひとりなんだわ。

食堂に案内されて、ふと気がつくと、コレットはルークの隣に座っていた。頭がぼうっとなってしまう。長いテーブルには銀器とクリスタル・グラスがセットされ、銀の燭台と小船の形にたたんだまっ白なナプキンが並んでいた。

「すばらしいわね！」

場慣れしていない、冴《さ》えない娘だと思われようとも、コレットは自分の気持を表さずにはいられなかった。じじつ、こんなテーブルに座るのははじめての経験だから。驚いたことにコレットの予想した軽蔑《けいべつ》の表情はなく、触れるのさえためらわれるナプキンを、ルークは無造作にふって膝にかけた。

「たしかに、すばらしいね」

「あなたは、でも……こういう席には慣れてらっしゃるんでしょう？」

「まあ、そうだろうね」

「母とわたしは、母が再婚するまで、とても小さな家に住んでいたのよ」

なんとしてもルークの関心を集めておきたくて、話のためだけに話をする。最高の時間だもの！　ほんのしばらくでもルークをひとり占めにできて、全世界がばら色に輝く……そして突然、コレットは気づくのだった――お芝居をしていることに。ルークこそわたしの相手だと、恋人でもあり友だちでもあるというお芝居を。

最初の料理――小えびのマリエが運ばれ、サン・ジェルマンふうポタージュが続く。そして魚。おいしい七品の料理を流しこむワイン。コレットはルークに見張られていたから、ほとんどワインに手をつけなかった。きみを抱きかかえて帰るのはごめんだとルークは笑いながら言ったけれど……ルークのたくましい腕に抱かれて帰れるなら本望だった。

食事が終わるとまもなくダンスがはじまった。すでに夜もふけ、そろそろ帰らなければと思う。それなのにコレットは、申しぶんなくすばらしい時間をすごしていた。ルークと踊ったのだから。

はじめはステップを知らないからとはっきり言って辞退したのに、ルークが言いはってフロアに連れだされてしまう。そのあと別の青年とも踊ったけれど、気がつくとふたたびルークの腕のなかだった。

「ここは暑いな。二、三分、外に出よう」

自分の耳が信じられなくて、コレットはハンサムな顔をまじまじと見あげる。本当に庭に誘ってくれたのかしら？　胸をどきどきさせ、バルコニーから大理石の石段をおり、ひとけのない庭園におりたつ。

ルークが暗いほうに向かって歩きはじめても、コレットは何も言わなかった。でも、がっかりしたことに、ルークは立ち止まろうともしない。ルークの求めたのはただ新鮮な空気で……キスでも抱擁でもなかった。

酔わせるようにばらの香りが強い。コレットは花壇のそばに立ち止まり、まっ赤な血のように咲き誇るヴェルヴェットの花弁に触れる。

「このごろはばらも香りのないのが多いのに、これはよくにおうわ。いい香りでしょ、ルーク？」

「ああ、とてもすてきだ」

何げなくルークは一輪手折り、くるくるまわす。コレットはルークの横顔に見入った。いまは厳しく、ひとを寄せつけない。さざ波がコレットの神経を震わせ、欲望を揺りおこす。

舞台は申しぶんなくロマンティックだった。満天の星、中空にかかる三日月。コレットはそっとルークの腕に触れ、思いきって手にさわった。ルークがふりかえる。眉をしかめるのがわかった。突然、あざのことを意識し、熱いものにさわったみたいにぱっと手を引っこめる。ルークはばらを投げすて、出しぬけに言った。

「おいで！　もう遅い。家まで送っていこう……それとも、迎えの車がくるのかい？」

「いいえ……あの……」

嘘《うそ》がつけさえしたら！　ルークがあの大きな車で送ってくれるところなのに。会社が車を用意していると話すと、ルークは先に立ってどんどん歩いていく。コレットは草の上に投げすてられたばらをひろい、ルークに追いすがった。

「ばらを落としたわ。枯らすのはよくないと思うけど」

「じゃ、きみがもってろよ。そんなもの、ぼくにはどうしようもあるまい？」

きみがもってろよ――コレットはまだお芝居のなかにいた。ルークがわたしにばらをくれたんだわ、ばらの花言葉は愛……。

披露宴をあとにするときには、もう十二時をまわっていた。時計を見て、コレットはまっ青になる。恐怖に顔がゆがんだ。

「ルイスが……ルイスがきっと……」

「いったい、どうしたんだ？」

ルークがいらだたしそうにたずねる。もううんざりして、できるだけ早くコレットから逃げだしたがっているみたいだった。

「ルイスに命令されてるの……十時には家に帰っているようにって」

「きみに命令したって……なぜ十時にきみに用があるんだい？」

「十時以後まで外出するには若すぎるって言うの」

「十七歳でかい？　ぼくの国ではもちろんあたり前だけど、この国では……きみのお義父《とう》さんの態度はまったくおかしいな」

「義父《ちち》は母に腹いせしてるの」目に涙があふれる。コレットは子供っぽいしぐさで、手で涙を払った。「わたしといっしょにきてくださいません、ルーク？　あなたが説明してくだされば、義父は何も言えないわ」

ルークは眉根を寄せて首を左右にふった。

「きみがここにきていることをご存じなら、遅くなることもご存じのはずだろ？」

「わたしがここにきていることは知らないわ」

「話さなかったのか？」

「ええ……だって、許してくれないもの……すくなくとも邪魔立てされると思ったの」

「会社の車だったら大丈夫さ。ぼくは今夜、遠くまで運転したくないんだ」

ルークは臆病《おくびよう》なコレットにちょっぴりいらだっているようだ。臆病なせいではなくて、争いの種を避けるためだとルークにわかってもらえたら……。

「あなたがいっしょにきてくださると、わたし、とても助かるんです」

コレットのもっているばらをちらりと見やると、ルークは大きなため息をついて、やっとコレットを送り届けることを承知した。

ルイスと娘はコレットがベルを鳴らすのを、おきて待ち構えていた。ドアが開くか開かないうちに、ルイスがどなりつける。

「男といっしょだったな。よからぬことをしてきたんだろう！　コレット、おまえには警告しておいたはずだぞ。いま……いますぐ荷物をまとめて出ていけ……今夜中にだ！」

「ルイス、追いだすなんてだめよ。夜中の一時なんですから……」

母の悲鳴はしだいに小さくなった。ルークが闇《やみ》のなかから、コレットの二、三歩うしろに現れたことに気づいて。ルークはもともと、ドアが開くのを見届けたらすぐさま立ち去るつもりでいたのに、ルイスのどなり声を聞き、石段の上までのぼってきたのだった。不作法にルイスの横をすり抜け、ホールに歩み入る。

「コレットはたしかに男といっしょでしたよ」氷のように冷ややかな声だった。「あなたのおっしゃるとおりだ。ぼくといっしょでしたから……」

「あなたといっしょですって！」エルスペスが叫ぶ。「そんなこと信じられないわ」

「コレットは結婚式に招待されてたんです」ミセス・ホイットニーが説明する。「あなたにお話ししようとしたんだけど、ルイス、あなたは聞こうとなさらなかったでしょ……」

「ミセス・ホイットニー」静かな威厳をもって、ルークが口をはさむ。「説明はぼくがしましょう」

ルークが話を続ける。ルイスの目がぎらぎらしていることも、その娘の目に毒々しい敵意がみなぎっていることも承知のうえで。

「あなたたち、午後からずっといっしょで……そのうえ夜もいっしょにいたって言うの?」エルスペスの声は震えていた。「でも、ルーク、あなたは仕事があるっておっしゃったわ、だからわたしとデイトできないって……」

エルスペスはふいに口をつぐみ、こんな話をこともあろうにコレットの前でしたことに気づいて歯ぎしりする。思わずコレットを指さしてどなりつける。

「裏切り者の人でなし！　結婚式の招待のことなんかひとことも言わないで……いままでにも、こんなことしてたんだわ……それにしても、どうしてルークと同じ結婚式に招待されたのよ？」

誰ひとり答えなかった。怒りと嫉妬《しっと》に駆られて、エルスペスはくりかえしどなりつける。ルークの前で自分のイメージを傷つけているとわかっているはずなのに、もはや悪意に満ちた言葉を抑えようもなかったらしい。

ルークはエルスペスを軽蔑しきった目で見守っていたが、ひとことも言わなかった。ただルイスに向かってコレットに責任はないと話す。

「ぼくが引きとめたんです」ついには嘘までついてくれる。「コレットはもっと早く帰ろうとしたんだが、ダンスがあったからぼくが引きとめたんですよ」

「あなたが……この子を引きとめたですって？」エルスペスの口が醜くゆがむ。「あなたがこの子と踊りたいと思ったなんて！　まあ、一度だってこの子のために時間を割いたことなんかなかったのに！　何度も何度もあざのことを口にしていたのに……」

「いいかげんにしたまえ」ルークが乱暴に割って入る。「ぼくはコレットと踊りたかった。ほかにぼくの知りあいがいなかったんでね」

「わしの娘を連れていくこともできたのに」ルイスが静かに口をはさむ。「きみなら娘のために結婚式の招待状くらいとってやれたでしょうに」

「いいかげんで、この件はおしまいにしませんか！　コレットに罪はない！　わかっていただけましたね？」

「よくわかった」

　皆がいっせいにルイスを見つめる。コレットにはわかっていた――ただルークを追いかえそうとしているだけだと。自分も娘も威厳を損なっているだけだと悟って、ルイスはルークに家から出ていってほしいだけなのだと。

「どんな形にしろ、コレットを罰するつもりはないですね？」

「ないよ、ルーク、きみがちゃんと説明してくれたんだから」

　静かな口調だけれど……なおさら油断はできない！　コレットは母と目くばせする。ルイス親子とのけんかで、これほど深刻な事態になったことは一度もなかった。

「それでは失礼します」ルークはエルスペスをふりむき、平然と言った。「これがぼくらの別れになると思う。ぼくは五日後にイギリスを発《た》つ。山ほど仕事があるから時間はつくれないだろうからね。それじゃ、さよなら、エルスペス」

エルスペスはその場に釘づけになったまま立ちつくしていた。怒りで顔を紫に染めて。コレットはメリエルの言葉を思いだしていた――ギリシア人はけっして愛人とは結婚しないものなのよ。

エルスペスは知らなかったのかしら？　たぶん知っていながら、自分はルークのほかの愛人たちとは違うと思っていたんだわ。自分こそルークの最後の愛人で、つまりは結婚の相手だと考えていたんだわ。

玄関のドアが閉まったとたんに、ルイスとエルスペスはコレットと母に向きあう。さんざん悪態と非難を浴びせたあげく、最後にコレットは明日の朝一番で出ていくようにと言い渡された。

「おまえにはエルスペスのロマンスをぶちこわした責任がある」ルイスが言った。「これ以上、この家に置いとくわけにはいかん」

「わたしもいっしょに出ていきます」

ミセス・ホイットニーも不可能なことは承知のうえで叫ぶ。

「おまえが出ていくとは思えんな。コレットには自分ひとり生活するだけの稼ぎもないのに、ふたりまではな」

コレットにもよくわかっていた。アパートの部屋代ひとつを考えても自活はむずかしい。たしかにメリエルの家に身を寄せることはできるけれど、母ひとりをこの家に残して出てはいけなかった――こんな出来事のあとともなれば、なおさらだった。

コレットはデイヴィのことを考える。もう迷いはなかった。自分のやるべきことははっきりわかっていた。そのほかには何もできないのだから――愛していない男性とでも結婚するしかない……。

4

太陽が丘からのぼり、風景をサフラン色と黄金色に、そしてまた微妙なピーチ色に染めわけていく。しばらく窓辺にたたずんでいたコレットは、にこやかな微笑をうかべて夫のもとに戻り、ベッドの端に腰をおろした。

「お誕生日おめでとう、ダーリン。すばらしい一年になるといいね」

「きっと幸せな一年になるわ。あなたといっしょですもの」

「いとしいコレット、なぜぼくはこんなにもラッキーなんだ？　教えてくれよ」

コレットは声をあげて笑うと立ちあがり、夫の乱れたブロンドの髪を見おろして、すてきだと思う。

「わたしたち結婚して、まるまる三年以上にもなるのね」

「感動的な言葉だな、ダーリン。でも、まるまるじゃない三年間の結婚生活ってのはどんなものか知りたいね！」

「ずいぶん長いってことを言いたかっただけよ」

「つまり、きみにとってはじっさいより長いってこと？　そのあいだきみが幸せでなかったと言うつもりでも、ぼくは信じないからね」

「もちろん、ずっと幸せだったわ、デイヴィ。何もかもあなたのおかげよ、ダーリン、ありがとう」

「いや、お礼を言うのはぼくのほうさ。きみはぼくの人生を地上の楽園に変えてくれたもの」デイヴィはベッドからおきだして妻に優しくキスする。「足りないものがたったひとつあるけれど、違うかい？」

「それは神さまの御手にあることですもの」コレットは優しくほほ笑み、キスをかえす。

「子供たちをさずかる定めならさずかるわ……いつかきっとね」

「ぼくらはどちらも欠陥がないってのにね」

デイヴィは小さなため息をもらす。が、つぎの瞬間には、もう残念さをきれいにふり払っていた。このひとはいつもこんなふうだわ、と、コレットは思う。何事にも穏やかで、自分に割りふられた運命に従順なんだわ。

たしかにコレットは、デイヴィをこのうえなく幸せにしている。だからデイヴィはコレットに愛されていないとは気づきもしなかった。はじめから嘘《うそ》をついていたわけだけれど、コレットのほうも後悔もしなければ、罪の意識もなかった。期待どおり幸せだったし、母もまた幸せになれた。義理の息子から、じつの娘と同じように、愛されているのだから。

「わたしたち、幸福な一家ね。本当に運がいいわ、デイヴィ」

「本当にそうだな、いろんな意味でね」バスルームに向かいながら、ドアのところでふりかえる。「パトリック伯父さんが思いがけずいろいろ面倒をみてくれるなんて、誰も考えていなかったものね？」

「お願いしたことより、はるかにたくさんのことをしてくださったわ」

「ぼくは借金を申しこんだだけだったのに。土地の管理をまかせ、仕事に都合のいいすてきな家まで提供してくださるって話があったときには、きみだって羽根一本でさわるだけでぼくを倒せたろうよ！」

デイヴィがバスルームに入り、湯を出す音が聞こえる。コレットはアンティークの化粧テーブルをぼんやりと眺めた。この家を譲り受けたときからある、一見ごくふつうの品だ。美しい浮き彫りがほどこしてあり、前面に引き出しが四つある。が、このテーブルを磨いているときに、コレットはこの種の家具にはよく見られる秘密の小引き出しを見つけたのだった。

バスルームのドアが閉まり、お湯が流れている音をたしかめてから、化粧テーブルに歩みよる。引き出しの内部のボタンを押し、仕切り板のようなものを引いて、秘密の小引き出しを開く。とりだした小さな詩集をめくると、ばらが現れた――紙のように薄く茶色に色あせたばらの押し花。

押し花をつくった日のことが強烈によみがえる。あの結婚式の翌日が、デイヴィに結婚を承諾した日だった。愛するひとから贈られたと思いこもうとしたばら。ルーキフェルから贈られたばら……。

コレットはそっと唇を寄せる。このばらを投げすてると、あの夜に夜明けが訪れるなんてことにならないかしら？　コレットはふと思った。

ばらを大切にしまい、こうして一年に一、二度とりだすなんて、愚かで感傷的な行為だった。今日で二十一歳にもなって、分別も十分備わっているのに。自分の存在すら覚えていない男を、いまも愛し続けるなんていかにばかげているか、よくわかっているのに。

「ダーリン……バスタオルが見つからないぞ」

バスルームから呼びかけるデイヴィの声に、罪の意識を感じながらふりかえる。

「キャビネットのなかよ。暖かいようにそこに入れておいたの」

「そりゃありがたい！」

朝食のときに、夫と母からプレゼントを贈られる。母からはきれいな金のロケットを、デイヴィからはパールのネックレスを。

「真珠には涙こそふさわしいと言うけれど」デイヴィはネックレスを留めながら言う。

「でも、くだらないな。これにはほほ笑みこそふさわしいよ、ダーリン……きみがこれからもずっとほほ笑みを見せてくれますように」

「とってもきれい！　まあ、デイヴィ、ありがとう！」

コレットは母をふりかえり、母にももう一度プレゼントのお礼を言って、デヴォンで一番ラッキーな女性よと自分に言い聞かせる。

そのあとコレットは、いつものようにデイヴィの伯父に会いに出かけた。パトリック・ブレインの館は、この地方でもっとも美しい館のひとつなのに、色あせて、全体に手入れの行き届かない感じがあった。主人が一度も結婚したことがないうえに、父親から譲り受けたままで四十年以上も住んでいるせいだった。そのうえ、メイジーという家政婦がひとりいるだけ。この大柄なスコットランド女性も、雇い主と同じくらいの老齢らしい。

メイジーがコレットを出迎え、ミスター・パトリックが居間でお待ちかねですと伝える。

「おお、やってきおったな！」パトリックはにっこり笑って、大きなフランス窓に近い椅子をすすめる。「今日で二十一歳になったんじゃな。すばらしい年齢じゃよ、コレット……それに、あんたもすばらしい女性じゃ」

パトリック伯父は、デイヴィと同じに、一度もコレットのあざに目を留めたことがなかった。おかげでコレットにも、本当に大切なひとにとっては、あざはなんの意味もないらしいことが、しだいにわかりはじめていた。

「今朝はごきげんはいかがですの？」

コレットはちょっぴり心配そうにたずねる。最近、ごくわずかではあるけれど、伯父の変化に気づいていたので。母もデイヴィも気づいていないようだけれど、伯父の口もとは黒ずみ、目は具合のいいときでさえうるみ、半ば閉じたままで、疲労の色がありありと見える。

「いい気分だよ、おまえ。だが、わしも寄る年波には勝てん。誰も永遠に生きるわけにはいかんからな」

「そんなことおっしゃらないで。具合がよくなければ、お医者さまを呼ばせてください」

「具合など悪くはないぞ。たったいま、いい気分だと言わなんだかな?」

コレットはにっこり笑って話題を変えた。

「今朝もデイヴィと話してたんですけど、わたしたちは本当にラッキーだって。デイヴィと結婚することを承知したときは、一生貧乏するものと覚悟していましたのに、貧しいどころか、いまは大金持ですもの」

「あんたがいつかなる本当の金持に比べれば、いまのところは、ただ快適な暮らしというだけの話じゃ」まるで呼吸さえ困難みたいに、伯父はひと息つく。「デイヴィが手紙で借金を申しこんできたときはな、最初〝知ったことか〟と返事を書こうと思ったものじゃよ。デイヴィとはほとんどかかわりなかったし、財産はすべて慈善事業に寄付するつもりじゃったからな。ところが、このわしにも情け心がおきたんじゃろ。ひとつこの若者に会ってみて、なんならわしの跡継ぎにしてやろうと自分に言い聞かせたんじゃよ。デイヴィに使いを出すと、あいつはさっそくあんたを連れてきよった。

わしもちょっとぼけてきてはっきり思いだせんが、あんたはお父さんか誰かを亡くして……義理の親父《おやじ》さんがあんたをほうりだしたんじゃったな。

〝すてる神あれば、ひろう神あり〟かな。ひと目見たとたんに、わしはあんたが気に入ってな、コレット。だからこそ、ためらうことなくデイヴィのためになんでもしてやる気になったんじゃよ。そこでじゃ……」

パトリックは椅子から立ちあがり、杖に手を伸ばして寄りかかった。

「あんたにプレゼントがある。あんたの二十一歳の誕生日のためにとっておいた品じゃ。わしが館と牧場を相続したときに、いっしょに相続した宝石じゃよ。何年も銀行に預けておいたが、いまはあんたのものじゃ」

パトリックは大きな絵に歩みより、コレットの見守る前で絵を横に動かすと、金庫が現れた。数分後にコレットは、ヴェルヴェットの裏張りのついたいくつかの宝石箱を見おろしていた。信じられないほどの美しさに茫然《ぼうぜん》と目を見張って。

ブレスレットとイヤリングとおそろいの、ダイアモンドとサファイアの首飾り。エメラルドのブレスレット。ダイアモンドの雫《しずく》形のイヤリングと星形の髪飾り。最後の箱には三つの指輪が入っている。大粒のダイアモンド、小粒のパールをまわりにちりばめたルビー、そして宝石をはめこんだエタニティ・リング。

「まさか……これをみんなわたしにくださるなんて！　パトリック伯父さま、わたし、こわくてとても身につけられないわ！」

「ばかなことを言うもんじゃないぞ、おちびさん。みんな保険付きじゃよ。宝石は身につけるためのもので、銀行や金庫にしまっておくためのものじゃない」パトリックはネックレスをとりあげる。「さあ、つけてみておくれ……」

コレットが何げなくパールのネックレスをもてあそんでいるのに気づいて、伯父は手を止めた。

「それは新しい品じゃな」

「デイヴィが買ってくれましたの。きれいでしょう？」

「とてもきれいじゃ。あんたによう似合っておる」

「そして母がこのロケットを買ってくれましたの」ブラウスの内側からロケットを引き出して伯父に見せ、ちょっぴり哀願するような口調で言う。「わたし、ふたりのプレゼントを身につけておきたくて」

伯父は小さなため息をもらし、宝石を見つめながら、考えこむように黙りこんだ。

「まだこの品を譲っておかなくてもいいんじゃが……やっぱり、そうしておきたいんじゃ」

コレットは黙っていた。宝石はどれもみごとな品ばかりだけれど、自分が身につけることなど思いもよらない。第一、宝石をつけていくのにふさわしい機会などめったにないのだから。

「とっておきなさい。デイヴィもあんたのお母さんも気にせんじゃろ。あんたなら、わしの贈りものと同じように、ふたりの贈りものを大切にすることを、あのふたりは知っておるでな——恐らくもっと大切にするじゃろう。あんたはそういう女じゃからな、コレット」

それから一週間もたたないうちに、メイジーから電話があって、老人が夜のうちに息を引きとったと知らせてきた。むしろ待っておいでのようでしたから、お苦しみはなかったと思います、と、デイヴィに話したという。

「安らかに召されたんだよ」デイヴィは嘆き悲しむ妻に言った。「あんまり悲しむなよ、ダーリン。メイジーの話では、伯父さんが望んでおられたことでもあるようだから」

そのとおりだろうとは思うけれど、伯父の死が自分の人生に恐ろしいほどのむなしさを残すにちがいないとコレットにはわかっていた。デヴォンに移り住んで三年半、毎日一時間は伯父の館を訪ねて話し相手をしてきた。親しい友人であり小さな心配事や悩み事まですべて打ち明けてきた相手だったから。

ある日、伯父は鋭い、洞察力のある目でじっとコレットを見つめて言ったことがある。

「あんたには秘め事があるな、おちびさん——心の奥底に深い、深い秘密をもっておる。わしに話してみる気はないかな?」

秘密のあることも否定したかったけれど、パトリック伯父のようなひとには嘘もつけなかった。

「お話しできませんわ、伯父さま……伯父さまだけじゃなく、どなたにも」

「その秘め事がいつもあんたを悲しませているんじゃな」

その言葉もまた否定できなかった。それ以後、伯父は前にもまして優しくなった。デイヴィにたいしては父親のように——いや、父親より甘かったから祖父のように、母にたいしては親切そのものだったパトリックは、土地を全部デイヴィに、ほかの財産をすべてコレットと母に残してくれた。

この館があんたとデイヴィのものになれば、あんたがこの館をふたたびよみがえらせてくれるじゃろ——そう伯父が言っていた大きな館に引っ越したのは、伯父の死後二カ月たってからだった。いままで住んでいた家は、牧場で働く、働き者で誠実なフィリップ・グラディとスーザン夫婦に貸すことにして。

精緻《せいち》なプラスター仕上げの高い天井、美しいフランス製家具、年代ものの時計に寄せ木造りのキャビネット。王侯貴族にこそふさわしい大きな館だった。なかでもコレットは、彫像が立ち並び、縮景の湖がいくつかと美しい花壇のある庭園が大好きだった。

ミセス・ホイットニーが豪華な寝室の中央に立って、カーテンをとりつけている娘を眺めながら言う。

「ルイスがいまのわたしたちを見たら、歯ぎしりして口惜しがるでしょうね。おまえとわたしが、まさかこんな生活ができるなんて、夢にも思わなかったわ」

「わたしもよ、母さん」

「おまえがデイヴィと結婚した日こそ、わたしたちふたりにとって幸運の日だったのね」

「ええ、母さん……そのとおりね」

いつものことながら、びっくりする思いでコレットは母を眺める。母は娘の婚約と同時に夫のもとを永遠に逃げだしてから、容姿も気持もすっかり違ってしまった。ふたたび若がえり、幸せに満ち満ちている。

母さんはわたしの払った犠牲に一度も気づいていないし、ときおり涙を流すことがあるなんて疑ってもいないみたい。義理の姉のように美しかったら、そしてルークが夢中になってくれたら、なれたかもしれない立場を思って涙しているなんて……。

夢は――実現不可能な夢だけれど――求めもしないのにやってきて、コレットも思うさま夢にふけったものだ。愛する男性とともにつかの間の至福に生き、たくましい腕を感じ、ぴったり寄りそう体を感じとる――ダンスをしたあの忘れられない一夜のように。

コレットはけっしてこの夢に罪の意識を感じたことがなかった。デイヴィにとってはよい妻だし、デイヴィは愛されていないなどとはつゆ疑ってもいないのだから。それどころか、世界中で一番幸運に恵まれた幸せ者だと、たびたび妻に話すぐらいだから。この言葉があったからこそ、コレットも満ち足りた思いを味わい、夫の幸せを永遠に打ちくだいてしまう真実を、夫から隠しおおせることができたのだった。

パトリック伯父の車はごく初期につくられたビュイックだった。伯父は異常なほどこの車に愛着があったらしく、午後、ガレージのドアを開けて、じっと車を眺めているのをよく見かけたものだ。

宝物のように大切にしていて、コレットにさえ運転させなかった。唯一の例外はデイヴィで、それも、ほこりだらけの由緒ある車にショックを受けたデイヴィが、時間を見つけては磨きあげていたことを伯父が認めてのことだった。

いまや誇り高い所有者となったデイヴィは、ビュイックは特別な場合にだけ使うと宣言していたけれど、それでも、ときには乗せてくれた。

田園が鮮やかに色づく六月の晴れ渡った午後、ミセス・ホイットニーがドライヴを提案した。

「あなたが忙しいのはわかってるのよ、デイヴィ、でも一時間くらい出かけても悪いことはないでしょう？　わたし、この車に乗ると女王さまみたいな気分になるの。なんと言っても、古いものには新しいものにはけっしてない何かがあるわ」

一瞬の出来事で、衝突のショックさえ感じなかった。コレットの知っていることは、木立に縁どられたまっ白なリボンのような道路が、つぎの瞬間、暗転してしまったことだけ。

意識が回復したのは病院の手術室でだった。薬のにおいと白い壁と、死が目前にあるみたいに、黙ったまま行き交う亡霊のようなひとの姿に目を見張る。ひそひそ話が聞こえ、金属と金属の触れあう音があった。

ふたたび暗黒が訪れ、ふたたび光が射す。ほんの数秒間の出来事みたいだったのに、じっさいには最初の手術がまるまる三時間にわたって行われていたのだった。

真実を告げられたのは、一週間以上もたったのちのことだ。ショックに耐えられると診断された結果だったが、そのときでさえ、コレットは穏やかな口調で夫と母が亡くなったことを告げる白衣の医師を黙って見つめるばかりだった。ビュイックが死角から現れたトラックに衝突し、ふたりとも即死だったという。

「ふたりとも……」ようやく凍りついたようにつぶやく。「夫も母も、ふたりとも?」

まくらの上で激しく頭をふったコレットは、不自然なぎこちなさにはじめて気づいた。頭も顔も包帯でぐるぐる巻きになっている。頭を一度、顔を一度、二回の手術が行われ、コレット自身、死の扉の前にいたという。しかも、あとで知ったことだが、頭の手術の成功の望みはほとんどなかったとのこと。

けれども、本当に衝撃が頭にしみ渡り、いまはこの世にたったひとりぼっちでとり残されたと悟ったのは、それからさらに二日後のことだ。コレットは回診にきた医者に訴えずにはいられなかった。

「なぜ、わたしの命も召されなかったんでしょう?」

「いずれそんなふうに考えることはしなくなりますよ」外科医のドクター・カミングスはかぎりない理解を示しながらもきっぱりと言う。「あなたはお若い。だから、いずれはこの不幸に打ち勝ちます。時間は絶対確実な心の傷のいやし手ですよ。それにあざもきれいにとれますからね」

あざがなくなろうとなくなるまいと、いまのコレットにはどうでもよかった。それどころか、なぜ自分も死ななかったのかと嘆き悲しむばかりだった。生きるよすがが何もなくなってしまったのだから。

メイジーはもちろん、牧場の労働者たちも見舞いにきてくれた。土地の管理はフィリップが引き継いでいるという。

「当然のことですよ」見舞いにきたフィリップが言う。「あなたの利益を損なうわけにはいきませんからね、ミセス・マドックス」

わたしの利益って? そのときはまだなんのことかわからなかったけれど、いまやコレットは大金持の若い未亡人だった。広大な土地と順調な牧場の所有者なのだから。けれどもコレットはまくらに顔をうずめ、全財産と亡くなったふたりの生命とをとり替えたいと願った。

頭から包帯がとれ、顔に皮膚移植が行われても、コレットの嘆きは深まるばかりだった。あんなに優しかったデイヴィ、二度目の夫の冷酷なふるまいに、あんなに苦しんだ母さん……。

最後の整形手術が行われたのは、事故から八カ月以上もたったあとのことであった。顔に受けたひどい傷の整形が徐々に行われたせいである。が、ついに奇跡はおこった。これでは、義理の父もエルスペスも、とうていコレットだとはわからないだろう。

「鼻も新しいのにとり替えるつもりです」ドクター・カミングスが微笑をうかべる。「きっとあなたも気に入りますよ」

何が行われたのかコレットには見当もつかなかったけれど、鏡の向こうから自分を見つめかえしている顔が美しいことだけは、はっきりわかった。だからと言って、さしてうれしいわけでもない。せめてデイヴィだけでも、いまのわたしを見ることができれば。せめて、いつもあざのことを嘆いていた母が見ることができたなら……。

時は流れ、気がついてみると、コレットは土地と館に関心を寄せるようになっていた。土地のほうは忠実なフィリップとスーザンに、館のほうはメイジーと新しく雇った通いのお手伝いふたりに助けられて。

いま、館は美しくよみがえっていた。銀器も真鍮《しんちゅう》の台所用具もぴかぴかに磨きあげられ、骨董《こっとう》品は光沢を放ち、何年間も閉めたままの部屋にもほこりひとつない。

こうしたことはすべて悲劇から立ちなおる過程に役立ちはしたけれど、三年たってもコレットは、ときにすべての関心を失ってしまう。とうとうメイジーは、見るに見かねて海外での休暇をすすめた。

「どこかエキゾティックなところにお出かけなさいな。西インド諸島とか、極東とか。バリ島はどうかしら？ 世界中で一番牧歌的なところだって、ラジオで誰か言ってましたよ」

「ひとりで出かけるのは気が進まないわ」

「いまどきのひとは、そんなこと気にかけるものですか。とにかく、考えてみてくださいね」

驚いたことに、メイジーの思いつきのとりこになって、コレットもじっさいに海外旅行を考えるようになっていた。大きな館からも、土地管理の責任からも、しばらく逃れたい。ひとりでホテルに滞在するのはいやだから、クルーズを選んだらと思いつく。

西インド諸島からカリブ海をめぐるクルーズに参加してマイアミ・ビーチへ行き、そこからイタリアのジェノヴァ行きのクルーズに乗りかえ、さらにジェノヴァからヴェネツィアまで旅行する。いくらかでも世界を見てまわるのは楽しかった。すべてが新鮮で、いつも大勢の仲間がいたから。

そしていま、すっかりブロンズ色に日焼けした健康そうなコレットの姿が、地中海クルーズの船上にあった。ヴェネツィアに二日間滞在しただけで、さいわいにもギリシアの島々をめぐるこの豪華船に乗船できたコレットは、パーサーから借りた大きな地図をたよりに、当然のことながらアティコン島を見るときを心待ちにしていた。

船はしだいに近づいて行き……じっさいに、アティコン島からそれほど離れていないスキアトス島に停泊した。もちろん、はるかに小さいアティコン島に停《と》まる予定などなかったけれど。

ルークはまだ島で暮らしているのかしら？　もし暮らしているのなら、館にいるのだろうか、それともビジネスの旅に出かけているのだろうか？　最後に会ってから、かれこれ八年になるんだわ。いまはルークも三十代半ば。おそらく結婚もし、子供たちにも恵まれているだろう……。

出しぬけにコレットはもの思いを断ち切る。自分で自分に腹を立て、二度とふたたびルークの思い出に心を惑わされまいと決心する。あまりにもばかげてるわ！　もう二十五歳に近いんだから、もうすこし分別ってものが備わっていなくては！

船の火災報知器が鳴り響いたとき、たいていの船客は、最初は訓練だと思った。

「でも、予告はなかったわ」若い女性がコレットにしがみつく。「火災訓練ならふつう、毎朝、船室のドアの下に投げこまれる新聞に書いてあるはずよ」

「本当の火事だぞ！」

誰かが叫んだとたんに、船長の声が聞こえてきた。穏やかな口調で、小さな火災が機関室に発生したことを告げる。心配するほどのことはありませんが、もちろん、各自、救命具をとりに戻って、あらかじめ割りあててある避難所にそれぞれ集合してください。

皆がいっせいに階段に突進し、小さなパニックがおこった。別々の避難所になっていることを嘆き悲しむ若い女性と別れて、コレットは救命具をとりに自分の船室に急いだ。

船室から廊下に出たとたんに背筋が寒くなる。あたり一面、煙の海だった。状況は船長の話よりはるかに深刻なのかしら？　そうだわ、大規模なパニックを防ぐためにも、船長が危険な状況だなんて言うはずはないもの。どうしよう？

煙にむせかえりながら、コレットは船室へとってかえした。だが、廊下が遮断されてしまえば、船室にいることは逃げ場を失うことになる。頭のてっぺんから足先までがたがた震えながら、救命具を手に、コレットはもう一度ドアを開いた。

煙のなかを突っ走るしかなかった。駆けだそうとしたとたん、めらめらと燃えさかる炎が目に入る。反対側へ！　反対側には出口がないのを承知のうえで、コレットは駆けだす。

煙と炎に追い立てられ、やみくもに袋小路に向かって走った。

ああ、神さま、助けてください！　コレットは立ち止まってふりかえる。とにかく、炎の小さいところを突っ切る以外に逃げだすチャンスはなかった。煙と炎は廊下沿いのドアのひとつから噴きだしているのかもしれない。もしそうなら、そこさえ通り抜ければなんとかなるわ。

覚悟を決めて、すぐさまその前を駆け抜ける。が、つぎの瞬間、ものすごい炎の壁が目の前に立ちはだかった。通り抜けることなどできはしない。悲鳴と怒声と上級船員の命令が、燃えさかる木材のはじける音が聞こえる。引きかえすほかなかった。

ものすごい熱気のなかを自分の船室に駆け戻る。煙にむせかえり、恐怖に胸を締めつけられる。窓だわ！　寝室にひとつだけある大きな窓に駆けより、コレットはげんこつで必死に窓をたたく。

奇跡と言おうか、乗組員のひとりが窓の外からコレットに気づき、すぐさま鉄棒で窓を打ち破った。コレットがやっと外に出たとたん、開け放たれた船室の戸口が音を立てて燃えはじめた。

窓をぶち破ってくれた乗組員の姿はどこにもない。あたり一面、火と煙に覆われ、目の前には海があるばかり。至るところにうかぶ救命ボート。必死に泳いでいるひとびと。パニックがコレットに襲いかかる。

「とびこむんだ！　ばか！」どこかから叫び声が聞こえる。「手遅れにならないうちに、とびこめ！」

立ちすくむコレットに荒々しい声が浴びせられる。

「とべ！」

背中が焦げはじめる。コレットは救命具をつけると覚悟を決めて、海めがけてもんどりうった。海中深く引きずりこまれると感じたつぎの瞬間、こんどは浮かんでいく。何分もしないうちに、自分を支えている力強い手を感じ、誰かがすぐそばを泳いでいることがわかった。もう大丈夫だと励ます声。ボートからは別の声が……。

コレットはモーター・ボートに引きあげられた。激しいめまいに、意識が忘却のかなたへ沈んでしまいそう。

「もう心配はいらないぞ」最初の声が言う。「楽にしたまえ」

コレットはふりかえって、生命を救ってくれた男を見つめた。カンテラの明かりに照らされた男の顔――声にすでに聞き覚えがあった。

ルーク・マーリス！　名前を叫ぼうとするのに、声にならない。まるで喉にやすりをかけられたみたいで、舌もはれあがっていた。背中が燃えるように痛い。自分が混乱のただなかにいることがわかる。ルークはふたたび海にとびこむ。もうひとりの男がコレットに座るようにと言う。コレットは自分のか細い声を聞く。

「どなたのボートですの?」

「ぼくの従兄《いとこ》のルークです。あなたを海から助けあげた男ですよ。気分はどうです?　かなりやられたみたいだけど?」

「ええ……わたし……」

情けないことに、コレットは泣きだしていた。ただの反動よ。自分に言いわけして涙をぬぐうと、生命の恩人がまた誰かをかかえて戻ってくる姿が見えた。

5

モーター・ボートは個人専用の桟橋に着いたらしい。同じボートに助けられたふたりの船客といっしょにボートをおりたコレットは、暗い小道を案内されていく。まだショックによる虚脱状態から抜けだしていないらしくて、彼女はぶるぶる震えていた。

足をとられてよろめいたとたんに、さっとたくましい腕に抱きあげられて、軽々と豪華な館へと連れていかれた。明るい照明に照らされた回廊を渡り、薄暗い中庭《パティオ》を横切って館のなかに入り、メイドに引き渡される。

客用の続き部屋《スウィート》に案内するようにメイドに伝えるルークに、コレットは震える声で言う。

「ありがとう……ありがとうございました」

「どういたしまして。それじゃ、あとでお会いしましょう。メイドがご案内します」

いんぎんに答えるルークは、思ったとおりコレットだとは気づかなかった。

バスルームでメイドのアンドルーラの手を借りて濡《ぬ》れた洋服をぬぐあいだ、コレットの心臓は早鐘のように打っていた。ルークの家にいるなんて——運命はなんて計り知れないのかしら、長い年月ののち、わたしをここまで連れてくるなんて！

「あなたの背中……赤くなっています」

アンドルーラが、くせはあるけれど上手な英語で言う。

「救命具をつける前に、こんなふうになったの。なんでもないわ」

たしかに、あきらめていたら焼死していたことに比べれば、なんでもなかった。

「あんな恐ろしいことがおこるなんて！」

「わたしはとても運がよかったわ」

「あら、そうですとも！　わたしのご主人、遭難信号と同時にとびだしました。ご主人、とても泳ぎが上手でしょ。とっても上手《ボリ・カラ》！」

「あとのふたりのかたもここにいらっしゃるの？」

「ほかのかたが連れていったと思います。ここにはたくさん部屋がないから……お客さま用の部屋はひとつだけ！」浅黒い肌の少女は意味ありげに肩をすくめる。「ご主人、ひとり暮らしなんです。ときどきこの部屋を使うお友だち、いますけど」

背中にお湯がかからないように注意しながらシャワーを浴びると、コレットはアンドルーラが用意してくれた下着と、きれいな刺繍《ししゅう》入りの白いブラウスと花柄の綿のスカートに着替える。アンドルーラのものだという。

「とてもすてき《ボリ・カラ》」

アンドルーラは化粧テーブルに歩みよると、櫛《くし》を手渡しながら、用意ができたら食堂に案内しますと言う。ルークは船火事のせいで、夕食がまだだとのことだった。

ルークは明るいグレーのスラックスに半袖のシャツの軽装だった。いまはこめかみのあたりに白いものがわずかに混じっているくらいで、豊かな黒髪をオール・バックにして、ほとんど変わっていない。目尻にしわができたくらいのことだった。目鼻立ちのはっきりした顔立ちは相変わらず尊大で、マナーはいんぎんだけれど傲慢《ごうまん》だ。

けれども、昔コレットが知っていた軽蔑《けいべつ》のまなざしも、たびたび出くわした無関心も見あたらない。それどころか、異常な関心を寄せている。黒い瞳はコレットの顔立ちを値踏みし、体の線を吟味し、たちまち裸にしてしまう。

コレットは頬を染め、恥ずかしそうに長いまつげを伏せる。もう一度礼を言い、モーター・ボートに助けられたほかの船客のことをたずねる。

「ぼくの従弟《いとこ》の家へ行きました」ルークはまだコレットの顔を見つめたままだ。「あなたのお名前は?」

「ジェニファーです」

ちょっとためらい、ルークをちらりと見やってから、とっさに低い声で答える。ジェニファーはメリエルのミドル・ネームだが、コレットが子供のころから気に入っていた名前だった。

「ジェニファー？　きみに似合わないな」

「残念ですが」はっとしたものの、小さな笑い声を立てる。「自分の名前はどうしようもありませんわ！」

「それで、姓のほうは？」

「マドックス」

「ジェニファー・マドックスね」ルークはちらりと左手を見て、眉根を寄せる。「あなたは、結婚してるんですか？」

「未亡人ですわ」

「未亡人？　でも、いったいいくつになるの？」

「二十四歳……まもなく二十五になります」

「おやおや！　せいぜい十八ぐらいにしか見えないな！　さあ、腰かけなさい。おなかはすいてますか？」

「それほどでも」

「夕食はすんだ……？　いや、まだのはずだが？」

「ちょうど夕食をはじめようとしていたところに、警報が鳴りましたの」

「それじゃ、何か食べなくちゃ。五分ほどしたら夕食です。遅くなったので料理が台なしになったんだそうだ。いま手を加えているらしい」

楽しそうな微笑が形のいい口もとにうかび、コレットははっと息をのんだ。このひとはいまだにわたしをとりこにするわ。昔と同じに、ぐいぐいとわたしを惹《ひ》きつけてしまう……。

コレットはそっとため息をもらし、この館に自分を連れてきた運命を呪った——二度とふたたびルークの面影に心を惑わされまいと決心したばかりだというときに。

ルークが大富豪だと聞かされていたことを思いだし、部屋を見渡す。毛足の深い絨緞《じゆうたん》からカットグラスのシャンデリアまで何もかも贅沢《ぜいたく》をきわめていた。惜しみなく金をかけているのに、それでいてさりげない優雅な雰囲気があって、気分が落ち着く。

ふたりは美しい食堂に入り、向かいあった席に着く。ダヴォスという名のずんぐりしたギリシア人の召使いが待っていて、最初の料理を運んでくる。

ルークが何度も何度も自分のほうを見るのに気づく。興味をそそられているのがはっきりわかった。ちっとも変わっていないわ。相変わらずのプレイボーイで、いまだに結婚していないらしいけれども、もちろんガールフレンドはいるにちがいない。ギリシア人はガールフレンドなしには暮らしていけないって、船でも話に出ていたくらいだから。

食事の会話は当然、船火事の話からはじまった。いまは完全に鎮火されたという。とにかくコレットはここから逃げだしたかった。ルークの磁石のような個性がふたたび自分の感情を大きく揺さぶらないうちに。

「船会社はすぐ別の船を仕立ててくれるんでしょうね？」

「当然そうするでしょう。でも、船が手配できるかどうかによるな。何しろいまは一年のなかでも一番忙しいシーズンだから」

「でも、ほかの船会社の船でも……わたしたちをしばらくでもこの島に置き去りにはできないはずよ」

「あなたには約束でも……あるんですか？」

「あの……それはありませんけど」

「それじゃ、しばらく帰れなくても、どうってことはないでしょう？」

コレットはルークを見つめる。神経がぴりぴりする。賢明ならどう答えるべきかわかっていながら、口に出した答えはこうだった。

「それは全然かまいませんわ」

「あなたなら大歓迎しますよ、ぼくの客としてね。館にどうぞ滞在してください。恋に夢《エピトレプ・サテ・ムーナ・サズ・》中になるために《フロスカレッソ》」

「それはどういう意味ですの？」

コレットは赤くなりながらたずねる。ルークは楽しそうに声をあげて笑った。

「あなたはひじょうに特殊な招待と受けとったらしいが、ぼくはただ、ぼくの客として招待しただけだ……受けてくれますね、ジェニファー？」

「あなたを存じあげているとは言えませんもの」

ぎこちなくつぶやき、コレットはスモーク・サーモンの皿に目を落とした。

「そんなことなら、すぐ解決できる」

コレットは眉を寄せてルークを見つめる。相手が何を求めているかあまりにもあきらかだった。

「どうしてわたしをこの館に滞在させようとなさるんでしょう？　わたしたち、赤の他人同士ですのに」

「あなたが気に入ったから。もっとよく知りたいから」

「まあ、あきれた。あなたってよく知らない女性を見ると、もっと知りたいといつもお思いになるんじゃない？」

「相手が美女かどうか……それに欲望をそそるかどうかによりますね。あなたの場合は両方だ」

それじゃ、これがルークの女性に近づくときの手なのね。エルスペスのときもこの手でいったのかしら？　もしそうなら、エルスペスだって最初からルークが真剣じゃないとわかっていなければいけなかったのに……。

「わたしを口説こうとなさっているのかしら、ミスター……ボートに乗ってらした従弟のかたが、あなたの名前はルークだとおっしゃったけど、姓のほうは伺わなかったわ」

「ルークでけっこうですよ。あなたが口にすると、とても魅力的に聞こえる」

「わたしたち、お料理にかかったほうがいいとお思いになりません？　召使いがつぎのお料理を用意してるみたいだわ」

「ダヴォスはぼくの命令があってはじめて、つぎの料理をもってくる。ぼくの召使いたちは主人から自由をとりあげたりしないんでね。よく心得ているはずだよ」

出鼻をくじかれた思いだった。ルークはちっとも変わっていないわ！　傲慢だったらありゃしない。でも、もちろん、違いもある。わたしが魅力的だと気づいて情事を楽しみたがっているんだもの……でも、いつまでかしら？　コレットは好奇心に逆らえなかった。

「わたしをお客にとおっしゃいましたけれど、いつまでのお話かしら？」

「さて、それは簡単に答えられる質問じゃないな」

「どのくらいたてばわたしにうんざりなさるか、あなたにも見当がつかないせいね」

「じつに察しがいい……ぼくのような男のやりかたにはまったく未経験なんじゃないかと、うっかり思いこむところだったよ」

「プレイボーイっていう意味ね？　女たらしのほうがいいかしら？　おっしゃるとおり、未経験ですわ、ミスター……ルーク。あなたのペースには目を見張ってますもの」

ルークははじけるような笑い声をあげる。

「きみはぼくの好みにぴったりだ！　きみの言うペースだが……まあ、たしかにぼくは単刀直入だ。遠まわしのやりかたや口説きに時間をむだ使いするなんて無意味だからね」

こんどはコレットの笑う番だった。ルークはプレイボーイかもしれないけれど、この半ばおどけた雰囲気は、すごく魅力的！

「ずいぶんいい気なかたね。あなたのご親切なご招待はお断りして、ホテルに泊まることにしますわ」

「こんなときに、たったふたつしかないホテルに部屋が見つかるとでも思うんですか？このちっぽけな島に四、五百人もよけいに人間がいるってときにだよ。ぼくらは観光客を歓迎していないから、いつであろうとむずかしいんだが、とりわけいまは——絶対むりだな、おちびさん。きみの言うぼくの……親切な申し出を受けるより道はないんだよ」

コレットは話題を変えた。

「アティコン島からお出になることは、ありますの？」

「しょっちゅうね。ヨーロッパじゅうにビジネスのかかわりがあるものですから」

「イギリスにも？」

「もちろん」

「まもなくお出かけになります？」

「すくなくとも二カ月はないけれど。なぜ？」

「ちょっと興味があっただけ」

「あなたはどこから?」

「デヴォンですわ」

「美しい土地だ。ぼくも二、三度行ったことがある」

ルークが指を立てると、召使いがさっとテーブルに歩み寄った。これがギリシアってものね、とコレットは思う。召使いも女も自分の立場をちゃんと心得てるってわけ。ダヴォスが最初にルークの皿をとると、ルークはもとに戻すように命じ、まず女性からはじめろと言う。

「でも……」ダヴォスは命令に驚いたらしい。「わかりました、ミスター・ルキウス、まずご婦人の皿からですね」

「どのくらいたつの?」ルークはふたたびコレットに注意を戻す。「未亡人になってからだが」

「もう三年以上になりますわね」

「何があったの?」

「自動車事故です」

コレットは身構えた。これ以上、質問には答えたくないのに、ルークは無視することを許さない横柄な態度で、しつこく問いつめる。

「それでご主人は亡くなったんだね。きみも車に乗っていたのか？」

自分が誰なのか打ち明けなければいけないだろうか――顔立ちまで変えてしまった手術と、ついでにあざをとり去ったことまでも？　もし打ち明けたら、ルークはわたしに興味をなくしてしまうんじゃないかしら？

ルークの親密なガールフレンドになるつもりなどこれっぽっちもないのだから、ルークが興味を失ったところでいっこう構わないはずなのに……それなのに、なんとしてもルークの興味をもちこたえ、自分の容姿を讃《たた》えてほしかった。できるだけ長くルークの賞賛を保ちたいという欲望の強さに、コレットはちょっとしたパニックを味わう。

もし車のなかにいたことを認めたら、ルークはつぎつぎと質問を浴びせかけ、けっきょく何もかも聞きだしてしまうだろう。コレットは嘘《うそ》をつくほかなかった――いいえ、と。そして恐ろしい思い出に唇を震わせながらつけ加える。

「でも、母が乗っていましたの。母も夫も即死でした」

「そしてきみは、この世にひとりぼっちで残された……」

驚いたことに、ルークの顔に劇的な変化がおこった。いままでルークには縁がないと思いこんでいた優しさと思いやりがはっきり見てとれる。コレットはふしぎな、ほとんど快いと言っていい感動に包まれる。ふいに温かい思いが緊張をほぐし、長い歳月にけっして色あせることのなかった愛をくっきりと意識して、気持が高ぶる。

ルークがじっと自分を見つめている。一瞬、何かに気づいて正体を突きとめようとしているのかとおびえたけれど、ルークの顔にはゆっくりと微笑が戻ってきた。

「残りの人生を未亡人の喪服を着てすごすには、きみは若くて美しすぎる。もう一度生きることを習わなくちゃ……それに、愛することもね」

愛することですって？　あなたって、何もわかっていないのね！

「わたし、未亡人の喪服なんか着ていませんわ。時は何よりもたしかな心の傷の薬と言うでしょう？」

「どうしてこのクルーズに参加する気になったの？」

「逃げだしたかったからですわ」

コレットは正直に答え、家政婦にすすめられるままに、まずカリブ海めぐりのクルーズに参加し、とうとうここまできた話をする。

「ずいぶん貯えがあると見える。もちろん、ご主人がゆったりと暮らせるだけのものを残してくれたんだね？」

「ええ。主人の伯父が広い土地を主人に残してくれて、それがみんな、わたしのものになりましたの」

コレットはパーサーの事務室に預けておいた宝石のことを思いだす。まだあそこにあるのかしら？　それとも火事で焼けてしまったかしら？

でも、生命が助かったのだから、宝石はどうでもよいようなものだけれど。生きてここにこうして座って、かつては星と同じに手の届かなかったハンサムなギリシア人と、キャンドルの明かりで食事をしているのだから。

心の高ぶりがあった。幸福感から生まれる歓びにあふれた心の高ぶりが。奇妙な表情をうかべて見守っているルークに、コレットはこぼれんばかりの愛くるしい微笑を送る。ルークが息をのむのがはっきり聞こえた。沈黙が続く。ぴりぴりと張りつめた沈黙は、ふたりのどちらも破れそうになかった。

「もうすこしワインをおつぎしましょうか、ミスター・ルキウス？」

沈黙を破ったのは召使いのダヴォスだった。いらだたしそうに、ルークは首を横にふった。

「自分でやるよ、ダヴォス！　ほかに用はない。卓鈴を鳴らすまでさがっていろ」

椅子から立ちあがると、ルークはアイス・バケツからワインをとり、コレットのグラスにつぐ。そしてテーブルに覆いかぶさるようにしてコレットに顔を寄せた。ふたたび張りつめた沈黙。まっすぐに腰かけていたコレットには、ルークの唇が頬に触れない前から、何がおこるかわかっていた。かつてはあざであれほど醜かった頬に、ルークはそっと唇を触れる。

軽い震えが背骨に沿って走る。いまのはお芝居ではなく現実のことだという複雑な思いにとらえられ、気がつくと、美しい目をあげて、優しいまなざしをルークに送っていた。ルークの目が大きく見開かれる。バケツにボトルを戻すと、ルークは両手でコレットの顔をはさんで、そっと唇に唇を重ねた。

ほんのりと頬を染め、目をきらめかしながら、コレットはルークの抱擁を、愛撫《あいぶ》を、深い愛を待ち受けていた。わたしの理性を奪ったのはワインかしら？　またたくキャンドルの明かりと強い香りの花々のある情景の魔術かしら？　それとも、どこからともなく流れてくる哀愁に満ちたブズキの調べだろうか？

けれども、何よりも強いのはコレットにおよぼすルークの力だった。ルークがまだコレットの存在に気づかなかったときから、すでに影響をおよぼしていた力だった。ルーキフエルの信徒でもある圧倒的なギリシア人、ルークそのひとの力だった。

「夕食を食べなさい、ジェニファー」

優しい口調は、昔知っていた冷淡で厳しい男性のものとも思えない。エルスペスにもこんなふうだったのかしら？　もしそうなら、情事は終わったこともなげに宣告されたときのショックはどんなだったろう？　わたしがこのひとと情事をもったら、同じように飽きられておしまいになるのだろうか？

「ルーク、わたし、おなかはすいてないの」

「それじゃ、そのままにしておけばいいさ、おちびさん。ベッドに行きたいのかい？」

「ええ」何分か前から、重い疲労がどっと襲いかかっていた。「大変な一日だったから。でも、あなたがすむまで待ちます。まだワインも残ってるし」

「それじゃ、ゆっくり飲むんだよ」

「おいしい……口あたりがよくて……」

「おちびさん、きみはもう眠ってるじゃないか！　二十五歳だと言ってたけど、まるで赤ちゃんだな」

「女はけっして自分の年を多めに言ったりしないものよ、ルーク。わたしがじっさいは二十五じゃないのにそう言ったと思ってるのなら、あなたって女について何もわかっちゃいないんだわ……」思わず顔をしかめて訂正する。「まあ、わたし、二十四歳だったっけ！」

「酔っ払ったな、おちびさん。ぼくがベッドに運ぶはめになるってことが、きみにはわかっているのかい？」

「まあ……きっといい気持ね」

「そんなこと言っていいのか？　きみを誘惑するかもしれないぞ」

「あなたがそんなひとじゃないって信じてるもの」

「いいかい、ジェニファー」ルークは吹きだしてしまった。「男はみんな、そうなんだよ」

「ジェニファーって？　どなたのこと？」

ルークがじっと見つめる。笑いは口もとから消えていた。

「ジェニファーはきみじゃないか。きみの名前だって言っただろう?」

「ジェニファーね……」ふいに頭がはっきりする。「わたしの名前、お気に召して、ルーク?」

「本当にきみの名前なのか? きみには似合わないって言ったはずだぞ。おやおや、きみはもうおやすみの時間だ」ルークは椅子から立ちあがる。「きみを連れていってから、あとで夕食をすませよう」

まるで人形のように、ルークはコレットを抱いて運んだ。コレットは頭をルークの肩にのせ、腕をうなじにまわす。ルークは寝室に入ると、窓辺のソファにコレットを横たえ、ほっそりとした愛らしい若い女をじっと見おろして言った。

「すぐアンドルーラをよこすからね……きみがワインを飲みすぎたなんて残念だな……いや、残念なのはすっかり酔っ払ったことだ。もしそうじゃなかったら……」言葉を切り、肩をすくめる。「ぼくはばかかもしれないが……こういう状況になると、ぼくの良心はどうしてもフェア・プレイにこだわるんだから……」

6

目覚めたとたんに、わきたつような思いがあり、鼓動が速まり、心は早くも昨夜のふたりだけのロマンティックな夕食を思いうかべていた。

ルークが……わたしを魅力的だと思ってくれたわ！　昔はエルスペスのような娘たちだけの特権なのだと羨ましくてたまらなかった立場に、いま、このわたしが立っているんだわ！

ルークがわたしを愛するように仕向けられるかしら？　コレットは〝最後の愛〟を信じていた。男性はけっきょく落ち着いて子供をもつのが自然なのだから。

夢見るような瞳でまくらに寄りかかっていたコレットは、ため息をもらすと、ようやくベッドから抜けだし、窓のカーテンを開ける。水平線からのぼったばかりの太陽が、黄金色と琥珀《こはく》色に縁どられた深紅となって、炎のように美しく燃えていた。

クルーズ船はどこかしら？　消防士たちはどうしたかしら？　どうやらこの部屋からは船は見えないらしい。ルークは船はぶじで、皆もけっきょく逃げのびたと思っているらしいけれど、それが本当であってほしいと祈らずにはいられない。

いまは、とにかく髪を洗って風呂に入りたい。背中はまだかなり痛むけれど、衣服を焦がしただけでじっさいにひどいやけどをしたわけではなかった。

バスルームに入ると、シャンプーからボディーローションまで、必要なものはすべて用意してあるだけでなく、洗濯をしてアイロンをかけたコレットの下着が、きちんとたたんで椅子の上に置いてあった。

アンドルーラがドアをノックし、トレイをもって部屋に入ってきたのは、それから一時間以上たってからである。

「もう、おきてらしたんですか！　昨夜のお疲れで今日は遅くまでぐっすり寝ていらっしゃると思ってましたのに。もう着替えまでなさって！」

「それに髪も洗ったわよ」

コレットは微笑をうかべてトレイを見やる。朝食はルークといっしょにとりたかったのに。

「美しい金髪ですね。わたしは髪が黒いから、全然よくないわ！」

「そんなことないわ。とってもきれい。自分の髪に誇りをもたなくちゃ」

「本当ですか？　わたしの髪、お好きですか？」ぱっと顔を輝かして、アンドルーラは窓辺の小さなテーブルにトレイを置き、紅茶をついだ。「朝のお茶だけです。ミスター・ルキウスが、朝食はごいっしょでよければ待っていますと言ってました」

「五分後には下におりますって伝えてちょうだい」

「お伝えします。あなた、とってもきれいです。わたしのご主人、いつも美しい女性が好きですよ」

いつも好きだなんて。それじゃ、ずいぶんたくさんいたのね？　一度にひとりかしら、それとも同時に何人もってこと？　たぶん、この島にもガールフレンドがいるんだわ――それもひとりだけじゃないかも……。

アンドルーラが待ち受けていて朝の食堂に案内してくれる。ルークは窓辺にたたずんで、錨《いかり》をおろした白いクルーズ船を眺めていた。船には王者の風格があって、昨日の火事など嘘《うそ》のようだ。

ルークがふりかえって、コレットの顔から喉へと順に眺めていき、さらにさがって胸のふくらみに目を留める。すべてを吟味するような視線に裸にされてしまったよう。コレットは赤くなった。

「おはよう――カリメラ！」

「おはようございます」

コレットは恥ずかしそうに答える。

「ぼくの国の言葉で〝おはよう〟と言えないくらい、恥ずかしがり屋なのかい？」

「そういう意味でしたの？」

「ああ、そうだよ。朝っぱらから意味ありげなことを言ったりするものか。さあ、腰かけて、くつろいでくれよ、おちびさん。それとも二日酔いかな？」ルークはコレットの椅子を引く。「いや、ぼくとしたことがご婦人に失礼なことを！　きれいだよ、ジェニファー。髪も輝くばかりだ」

ルークは傲慢《ごうまん》に手で合図する。コレットは無言の命令に従い、椅子に歩みよって腰をおろす。ルークはわざとあごをコレットの髪にのせ、つぎの瞬間には髪をつかんでそっとうしろにたぐりよせる。頭をのけぞらせたコレットは、かすかに嘲《あざけ》りのにじむ目に見入った。が、そこには、遠からぬ勝利のときを信じているような、勝ち誇ったきらめきもあった。コレットは魔力を破ろうと、いかにも平凡な質問をする。

「いつもこんなに遅く朝食をおとりになりますの？」

「いや、きみを待っていたんだ。何にする？　フルーツからはじめるかい？」

「ええ、お願いします」

用意してあったグレープフルーツを出すと、ルークは卓鈴を鳴らしてダヴォスを呼んだ。ベイコン・エッグとトーストが運ばれる。

大惨事のその後をたずねると、朝早く従弟《いとこ》から電話があって、船客のうち何人かのけが人を別にすれば、全員ぶじだったという。ルークはトースト立てを渡しながら話を続ける。

「船はずいぶんごったがえしてはいるが、損害は思ったほどひどくないらしい。あとで、きみの服をとりに行けるかもしれない。とにかく、行ってみよう」

「わたしが逃げだすときには、煙も炎も船室のなかまできてるようでしたけど」

「まあ、どっちでもいいさ。すぐきみの服を整えさせよう」

「わたしの服なんか買っていただかなくてけっこうよ。船がそれほど大きな損害を受けていないのなら、パーサーの事務室は大丈夫だったでしょうし、だったらお金と宝石が戻るわけだから」

「宝石なんか役に立つと思うのか？　質に入れようにも、残念ながらこの島には質屋はないぞ」

「お金がありますわ」

「いますぐというわけにもいくまい」ルークはバターを渡しながら、うっとりとしたまなざしを向ける。どうやらルークをとりこにしたみたい、と、コレットは希望に胸がふくれる思いだった。最後の恋人になれるなんて奇跡だとしても、奇跡だってときどきおきるわ。

「さしあたっては、ぼくに援助させてくれよ」

ルークみたいに頭ごなしにきめつける男性と言い争ってもむだにちがいない。コレットは黙っていた。

「きみの話してた家政婦だけど」食後のコーヒーが出ると、ルークが言った。「さぞ、きみのことを心配してるだろうね？」

「あちこち旅行するって言ってあるから、それほど心配してないでしょ。ロードス島から絵葉書を出してあるし。わたしがあの船に乗っているなんて知らないはずですもの……でも、船火事のことはニュースに出るでしょうね？」

「世界中に伝わると思うよ。もちろん、家政婦に葉書を出すんなら、しばらくここに滞在するつもりだと書いておくんだね」

「ここに滞在するなんて、まだ決めてませんわ」

「ぼくが招待したんだよ。覚えているだろう？」

「滞在しようと思えばできるけれど……」即答を避けたコレットは、心配そうなまなざしでルークを見やると、小さな声でつぶやく。「でも、わたしの……その……立場ってものを、ちゃんと伺っておかないと」

「きみがたずねてるのは、じつは、ぼくがきみを恋人にしたいかどうかってことだね。答えは簡単明瞭《めいりょう》――イエスさ」

コレットは目をぱちくりして息をのんだ。ルークが率直な男性だとは昨夜からわかっていたけれど、これほどまでにあけすけに話すとは思ってもいなかった。これじゃ、わたしの求めているロマンスは――恋の魔術や優しさは、どこを探せばいいのかしら？

ルークの言いかたときたら、クールで、実際的で、まるでスポーツの試合を挑んでいる感じ。しかも、相手は三年以上もセックスに飢えているのだから、ルークの申し出を喜んで受けるだけではなく、感謝さえするにきまっていると信じて疑っていないみたい。

腹を立てたいと思うし、高飛車にあしらってやりたいし、好みじゃないけれど〝目通りかなわぬ〟とでも言ってやりたいけれど、コレットはどれひとつ行動に表すことができなかった。希望を失って、心が悲しみに沈んでいく。

面白がっているだけでなく、わたしの気持などおかまいなしに、関心の的はただわたしの肉体への欲望だけだと言っているルークを前にして、わたしの希望はなんと無価値なことか！　強引な誘惑がわたしの理想を押しつぶし、夢を汚す前に、ここを立ち去ったほうがましだわ。

「今夜、ここに泊めていただきたくありませんわ。この島にだって泊まるところぐらいあるはずですわね。あなたのご行為に感謝しなければとわかっているんですけど……海では助けていただいて……じじつ、感謝していますし、もう一度お礼申しあげます。それにこのおもてなしにも。でも……でも……」

「でも、もてなし以上の申し出はありがたくないってわけだな？」もはや面白がっているようすはなく、反対に、目に失望の色がにじんでいる。「金と宝石はたいていの場合にきくんだが、ぼくにとって運の悪いことに、きみはどうやら金持らしい」

「そんなこと問題じゃないわ。たとえわたしが乞食《こじき》であっても、やっぱりあなたの提案にはひとかけらの興味もありません」

「きみはひとりなんだぞ。故郷に男友だちがいるわけでもなし……」

「どうしてそんなことがわかるの?」

「いたら、こんな旅行に出るはずないだろう。きみは自分の生活に飽きたんだよ、きまりきった、まったく感動のない生活に。だからすこしばかり金を使って何かしら世のなかに、人生に触れてみようと考えた……ぼくの言うとおりだから、否定するな」

「否定するつもりはないわ。あなたってとても賢いのね」

「賢いんじゃなくて、洞察力があるせいさ。きみは愚かだな! 人生は生きるためにあるっていうのに、きみときたら長いあいだ死んでるじゃないか! 若く美しいうちに、楽しみをしっかりつかむんだ」

「まるであなたはご自分の人生をフルに生きてらっしゃるみたいね」

「最高の時を味わってきたさ。美しい女性はいつも、ぼくにとってはひとつの挑戦だ」

「あきらかに、わたしもその美しい女性の仲間に入れてくださるのね……」

「きみほど美しい女性には、いままで会ったことがない」

なんと耳に快い言葉! もしルークがわたしを愛していたら、こんな言葉を聞いたとたんに、ルークの腕のなかにとびこみ、すべてをゆだねるのだけれど。

「それじゃ、もしわたしが美しくなければ?」

「なぜそんなことをきく？　きみは美しい……だからきみがほしいんだ」

「いつか、あなたも恋に落ちるかもしれないわ。そのときはきっと、いままでの軽薄な情事をすべて後悔することになるわ」

「かならずしも軽薄な情事ばかりじゃないぞ。たしかに、あとで後悔した情事もいくつかあるけど、そういうのが混じるのはしかたないさ。でも、きみとの情事はけっして後悔しないよ、ジェニファー。恋に落ちるってことだがね……」ルークはナンセンスなジョークのように高らかに笑った。「女のたわごとさ！　われわれギリシア人はけっして恋に落ちたりしないんだ！」

「そんなこと、信じられないわ」

「きみがイギリス人だからだよ。イギリスの女は、温かくてセンティメンタルだもの」

「それじゃ、イギリスの女性とも情事の経験があるのね？」

「二、三度かな」

「後悔した情事はなかった？」

ルークは答えなかった。逆にユーモアをにじませてききかえす。

「いったい、これはどういうことだ？　きびしい尋問でぼくの倫理観を突きとめてからじゃなきゃ、のっぴきならない仲になれないってわけかい？」

コレットは笑いだしてしまう。が、ルークの表情がぱっと変わって、目に深い賞賛があふれるのを見落としはしなかった。

「わたしの国の女性との情事に好奇心をもったことは認めます。でも、あなたの倫理観を知りたいってほうは……ルーク、あなたはまだわたしって人間がよくわかっていらっしゃらないみたい。わたし、のっぴきならない仲になんかなるつもりはないわ。いまだって、ここを出ていくと言ったのは本気ですもの」

「ぼくがこわいから？　それともきみ自身がこわいからかな？」

「ご自分の魅力に、よっぽどうぬぼれてらっしゃるのね！」

「それほどでもないさ」わざとからかうような口調だった。「ぼくの説得力にたいする自信に比べればね」

「おかしなかた……あなたの説得はわたしを冷たくさせるばかりなのに」

真実とはほど遠いけれど、言い添えずにはいられない。じじつ、ルークが誘惑をくりかえしたら、いつまでも抵抗できるという確信などなかった。ルークの確固とした自信そのものにうろたえるくらいだから、そのうえに説得力まで加わったのでは。

「かならずしもきみを冷たくさせるとはかぎらないさ。きみにはまだ目覚めてない何かがあって……」

「もう朝食はすみました」ごく親密な会話にならないうちに打ち切ろうと、コレットは口をはさむ。「わたし、出かけたいの。お友だちになった船客の消息も知りたいし、わたしの荷物を船からもちだせるかどうかも知りたいから」

「ぼくもいっしょに行こう」

きっぱりとした口調に、コレットははっとする。船で知りあったひとびとは、わたしをコレットとしてあいさつするわ。すくなくとも半ダースのひとは、コレットと呼びかけるもの。とくに同じテーブル仲間は、最初の日からクリスチャン・ネームで呼びあっていたんだから。

「よろしければ、わたし、ひとりで行きたいんですけど」

「なぜ？　ぼくがいっしょのほうが何かと好都合だよ。どんな場合にでも、きわめて役に立つ。服が見つかれば、運ぶ車も必要になるぞ」

「まず、泊まるところを確保したいの」

「きみはここに滞在するんだ」

傲慢な口調には挑戦的なひびきがあった。が、ルークに電話がかかってきたのをさいわい、コレットはひとりで館を出ることに成功した。アンドルーラの話だと、ルークはアテネにたばこと果物を卸していて、その取引先からの電話はかなり時間がかかるということだった。

港におりると、大勢のひとびとがあちこちに群がっていた。まず何から手をつけようかと思案していると、ぽんと肩をたたかれる。ボートで話しかけてきた男性、ルークの従弟だった。

「あなただと思ったんだけど、確信がもてなかったものだから。まるで別人だもの！　ものすごくチャーミングだよ！　ルークがあなたを家に連れて帰ったのもふしぎはない！　ルークらしいや……」

ふいに口をつぐみ、言いすぎたようににやっと笑う。従弟はルークと比べると、背は低く、肌はさらに浅黒く、髪は茶色で、口もとにもそれほどきつい感じがない。

「ぼく、いままでひとり旅のおばあさんの面倒を見ててね、ぶじだった服をホテルに運んできたところさ」

「ホテルにはまだ空き部屋があるかしら？」

従弟はびっくりしてコレットを見つめた。

「居心地がよくないの？」

「あら……いいえ、でも、ホテルのほうがいいんじゃないかと……」

「ルークがもうあなたにちょっかいを出したと言うんじゃないでしょうね？」頭をのけぞらせて哄笑《こうしょう》する。「しようのないやつだな！　いえ、ホテルに部屋はないと思うな。すし詰めだもの――半ダースのひとがひと部屋に押しこまれて、半分はフロアにじかに寝てるくらいだから。あなたも荷物を引きとりに行くんでしょう？」

従弟は港の外に錨をおろしたクルーズ船に向かう小型ボートに目をやった。クルーズ船は煙突まで茶色に変色し、舞踏室のあったあたりの甲板には、焼けた材木の黒いかたまりと曲がった鉄骨以外何も見えなかった。

「服をとってきたいんだけど、船客には乗船許可は出るのかしら?」

「ええ。でも、まず、あそこに見える小屋で名前を言って、特徴とかなんとかパーサーに申告しなくちゃ……ところであなたのお名前は?」

「ミセス・マドックス」

「名前のほうは? この島では姓は必要ない——すくなくとも、しょっちゅうは使わないんだよ」

「ジェニファーよ」

「ぼくはペトロス。この島で暮らしているわけじゃなくて、アテネの大学に通っているんだけど、あと二カ月は休みだから。両親が引退してここに住んでるんだよ」ペトロスは丘の上の白い邸宅を指さす。「あれが両親のところ。気が向いたらおいでよ、紹介するから」

コレットはいつかお邪魔するわと礼を言ったものの、気が気ではなかった。誰かにコレットと呼びかけられるのが心配で、早くペトロスに立ち去ってほしい。

驚いたことに、ペトロスはコレットさえよければ船までいっしょに行って、手を貸そうと申し出る。ペトロスを伴うよりしかたなかった。途中、船のなかで言葉を交わしたことのあるカップルに出会ったけれど、さいわいミセス・マドックスで通してきた相手だったから、ほっと胸を撫《な》でおろす。

小屋のなかの間に合わせのパーサーの事務室で、小艇《ランチ》をまわすから、船室が安全なら乗船していいという許可をもらう。

「天井が落ちる危険がありますが、乗組員がごいっしょしてまず船室を点検します。乗組員の指示に従ってください。異議はありませんね」

「ええ。わかりました。それから、わたしのお金ですけど……」

コレットは間違いのないようにいろいろ質問を受けたあと、大きな貴重品の袋を渡された。このあいだペトロスは外にいたので、袋の上のコレット・マドックスのサインも見られないですんだ。そのうえ、関係者以外の乗船は許されなかったので、ペトロスはランチに乗りこむことも許されなかった。

うれしいことに、服の大部分は助かったし、スーツケースもぶじだった。ただ船室の入口近くのワードローブの服だけは、火と水のために台なしだったけれど。

ランチが港に戻ると、ペトロスが乗組員からスーツケースを受けとり、車でルークの館まで送ってくれる。館に着いたときには、ルークの姿はどこにも見あたらなかった。

港から車で五分とかからないルークの館は、松林に囲まれて、小高い丘の上にあった。北側にだけオリーヴの林があって、海と港町が一望のもとに見渡せる。観光客用の店や売店に汚されていない小さな町は、港まで広がる二つの丘を埋めつくす白壁と赤屋根の群落だった。

波止場には小さな帆船《カイーク》と豪華なヨットが、目もくらむほど美しい緑青色のエーゲ海にずらりと停泊している。港の片側の端に、突堤でつながっている岩だらけの小島があり、邸宅が三つ見える。どれも従兄の大金持の友だちのものだとペトロスは言った。

「ステラ・ロガラも父親とあそこに住んでるんだよ。ステラは絶世の美女でね、いずれルークが結婚する相手なんだ」

「結婚……?」突然、胸にぽっかり穴があいたみたいで、一瞬、声も出ない。「それじゃ、ルークは結婚するつもりなの?」

ペトロスがスーツケースをホールに運びこんでくれる。ふたりは居間の外のヴェランダに出た。

「もちろん、結婚するだろうね。男は皆、いずれ結婚しなくちゃ」

「でもルークは……一生、人生を楽しむタイプの男性みたいに思えるけど」

ペトロスははじけるように笑った。

「結婚したって一生、人生を楽しむさ。ステラは野心家だから、お金以外にはそれほど興味がない。だからルークがまくら友だち《ピロウ・フレンド》をもっても気にしないさ」

「ルークは妻にたいして不誠実だって、あなた、信じているの?」

「ギリシアの男性は皆、妻に不誠実さ。ぼくらは冷たいイギリス紳士とは違うんだもの」

ペトロスは話をやめて聞き耳を立てる。「ルークの車の音だ。ちょうど私道《ドライヴ》に入ったところだな」

車はやしの木立の曲がり角から現れ、ほとんど音もなく停《と》まると、ルークが軽快にとびおりる。

コレットの顔を見ると、黒い瞳が優しくなごんだ。

「ぼくを待っていてくれてもよかったのに。どうだった？　この若僧の手を借りたんだね！」

「ペトロスはとてもよくしてくれたわ。服のほとんどと、お金と宝石は全部、受けとってきたわ」

「よかった。全員ぶじだったと聞いてはいたがね。けがをして入院しているのが二、三人、通院しているのが二、三人いるけれど、重傷ではないらしい」

「たしかにアティコン島を活気づけてはくれたよ」ペトロスが言う。「ぼくらの島も、やっと地図にのるぞ！」

「きみの服はどこ？　誰か部屋に運んだのかな？」

ほれぼれしたようにコレットの顔を見やったルークに気づいて、ペトロスが冷やかす。

「うちは五人も預かっていて、ぼくはヴェランダに押しだされているしまつだけれど、ジェニファーは新しい宿を見つけたいらしいよ。もしかして、ちょっかいを出したんじゃないの？　ジェニファーはあんたみたいなタイプに慣れていないんだよ、ルーク、わかってるのかい？」

「相変わらず場所柄をわきまえないやつだな、ペトロス。もう行けよ。きみの手伝いには感謝してるが、長居をすると嫌われるぞ。マリア叔母さんとステパノス叔父さんによろしく」

「わかったよ。あんたは昔からぼくには無愛想なんだから」

「もう一度お礼を言わせて」コレットが微笑をうかべて口をはさむ。「あなたのご招待は忘れないわ。きっとご両親に会いに行きます」

「両親も歓迎するよ。なんなら今夜、夕食はどう？　うちにきている船客たちもいっしょだよ」

「ジェニファーはここで夕食をとる。ぼくといっしょにだ」ルークが威厳たっぷりに言う。

「さよなら、ペトロス」

「でも、なぜあんたが幸運をひとり占めにするのか……」

「なんてやつだ、さっさと《サ・アソ・ティ・ユプ・ニ・ムー》失せろ」

「客の前で、わからないギリシア語を使うのは失礼だろ？」

「おまえに注意しただけだ、ペトロス。かんしゃくをおこさせるな」

「ああ、わかったよ！　でも、ジェニファーはあんたの囚人じゃないんだからね！　好きなときにぼくらに会いにこられるんだよ」

ペトロスは石段を駆けおり車に乗りこむと、上機嫌らしくふたりににやっと笑いかけて走り去った。

「やはりきみは出ていきたいのか？　どんなふうにペトロスに話した？」

「何も」

「ぼくはあいつをよく知っているが、あいつなら説明を求めたはずだぞ」

「自分で見当をつけたのよ……ペトロスが言ったこと、あなたも聞いたでしょ」

「否定しなかったのかい？」

「話題が変わってしまったわ」

「それは好都合だったな。話が変わらなければ、きみは否定したかい、ジェニファー？」

「ごまかしたでしょうね」

「いまだってごまかしているぞ」

「わたし、着替えてきます。アンドルーラに服をかえさなくちゃ」

コレットはのろのろと立ちあがった。開け放たれたフランス窓から家に入ろうとしたとき、ルークの命令が聞こえる。

「ジェニファー……ここにきたまえ」

「はい……あの、何かしら？」

「ここにきたまえ」

ルークは自分の足もとを指さし、コレットはまるで磁石に引きよせられるように、あと戻りする。

「はい……何かしら、ルーク？」

「金曜日に船がきて、船客を乗せるそうだ。クルーズは予定どおり続けるらしい」

「金曜日……」心のなかは乱れに乱れていた。「それじゃ……明後日ね」

まるで運命の決まる日のことを話しているみたいだった。つい、二、三時間前には、ペトロスにここを出ていきたいと話していたくせに。

「そうだよ、ジェニファー、明後日だ」

「わたしたち……お別れするのね……もうすぐ」

「きみは行かない。ここに滞在する、ぼくといっしょだ」

「ばかなこと言わないで！」

「きみもぼくと同じによくわかっている、ぼくらが別れられないってことは――まだいまはだめだ。じっさい、かなり長いあいだ、だめだ。家政婦に手紙を書いて、何カ月かこの島に滞在すると知らせるんだ。気に入った島が見つかったから家を借りたとか……なんとでも、きみの好きなように書くがいい」

「もしわたしが残るとすれば……どこに住むの？」

「もちろん、ここさ」

「あなたの……ピロウ・フレンドとしてね。たしかペトロスは、特別な女性のことをそう話していたけれど」

「あいつは軽はずみな口をきくと言っただろう！」

「でも、わたしはピロウ・フレンドになるんでしょう？」

「愛人同士になるんだよ、もちろん」

「あなたのピロウ・フレンドは、ふつう、この館で生活するの？」

「いままでは一度もない。きみがはじめてだ」

「叔父さまや叔母さまが……近くに住んでいらっしゃるのよ。おふたりに知れてもかまわないの？」

「ぼくの人生や生きかたに、ふたりはどんなかかわりがある？」

「ギリシア人って、わたしにはわからないわ」

「ぼくらは正直なんだ。何も隠さない」

「ペトロスは、あなたがたぶん、いずれ結婚するだろうって言ってたわ」

「ありえないことではないって程度だな……ほかにも何か言ったのか？」

「ステラってひとのことも聞いたわ」

ルークが怒りの叫びを押し殺したことがわかった。

「あいつ、仕置きしてやらなくちゃ！」

「そのステラってかただけど」長いあいだルークを見つめていたコレットが、やっと口を開く。「あなたのピロウ・フレンドなの？」

「もしそうなら、ぼくの妻になるなんてことは問題にもならないさ」

「ギリシア人ってけっして愛人とは結婚しないからなのね」

「そのとおり」

「あなたは気にしないの、そのステラと……ステラのお父さまに知れても？　あなたがわたしを……そのう……」

「ギリシアの女はそういうことには理解があるんだよ。嫉妬《しっと》ぐらいするかもしれないが、なんていうこともない。たぶん、しばらくはぼくを冷たくあしらうだろうが、きみとぼくが別れてしまえば、機嫌をなおすさ」

まるで、ごくあたりまえのことみたい！　コレットは心のなかで泣いていた。自分を愛するように仕向けられるかどうか半信半疑で、何分間か心を決めかねていたなんて！　身も心も、コレットの愛のすべてをルークに捧《ささ》げれば、やがては自分と同じように強い愛に成長する種をまくことになるかもしれないと迷っていたなんて……。

そんなことはありえない——ルーク自身も認めているように、ルークは愛人とはけっして結婚しないのだから。

「あなたといっしょにはいられないわ、ルーク。ばかげた思いつきよ。あなたもわかってるはずだわ」

ルークはまじまじとコレットを見つめたまま、まるで一撃でもくらったみたいに、ふらふらとあとずさった。

「いったいどうして心変わりした？　きみは、この島に残ると決めていたはずなのに。住むところまでたずねていたのに……いまさら、心変わりするはずないじゃないか！　きみはぼくのとりこになっている、ぼくがきみのとりこになっているのと同じように。運命なんだ……」

「ルーク、わたしに関するかぎり、これ以上話してもむだよ。たしかに、迷ったことは認めます。でも、ほんのつかの間のことだわ。わたしはそういうタイプの女じゃないのよ、ルーク。たぶん、古風なのね。でも、一時の快楽のために、そんな浅ましい情事に溺《おぼ》れることはできないわ」

「浅ましいだって！　本当に浅ましいなんて信じているのかい？」

「そうじゃなくて？　最初から別れるつもりで……たしか、一、二カ月もすればばっておっしゃったと思うけど」

「きみを行かせるわけにはいかないぞ、ジェニファー！　これほど女性をほしいと思ったことは一度もない……かならずきみを自分のものにしてみせる」

コレットは顔をそむけ、涙がこぼれないようにあわてて目をしばたたいた。階段を二段とのぼりきらないうちに手首をつかまれ、乱暴に体を半転させられて、コレットはルークの腕のなかにいた。

抗議の言葉が声にならないうちに、唇はルークの荒々しく容赦のない唇に押しつぶされる。コレットはけんめいにもがく。が、むだだった。顔をねじり、唇を避けようとしても、すぐさま唇を奪われ、むりやり開かせられる。ルークの手が乱暴に胸をつかんだ。

「ああ……放して！　あなたなんか……あなたなんか大嫌い！」涙がこみあげ、みるみる目いっぱいにあふれ、はらはらと頬を伝う。「あなたは獣だわ！」

コレットの全身は震えていた。いままで経験したことのない扱いに呼びおこされた感情に揺さぶられて。これが欲望なら――愛から生まれた本当の欲望なら――わたしは思っていたより多くのものを知らないできたんだわ。

こみあげる怒りにもかかわらず、ほとんど残酷なまでのルークの抑制を知らない情熱にもかかわらず、わたしは受けいれられそうだもの……なんのためらいもなく。

「きみはぼくを嫌いじゃないさ」静かな声だった。「ぼくがきみを求めているのと同じに、きみはぼくを求めているさ、ジェニファー！　だから、きみはぼくといっしょにこの島に残るんだ。ぼくの生涯でこれほどはっきりわかっていることはなかったくらいだよ」

7

ルークの館から、ひとりで海岸沿いに歩いてきたコレットは、白砂にたたずんで沖合の破船を見つめていた。いまも思いは乱れているけれど、なんとか決心はついていた――クルーズ船に戻り、二日後にはアティコン島を去ろう、と。

いくらルークでもわたしをこの島に縛りつけてはおけないわ――もちろん、囚人のように閉じこめるつもりなら別だけど。それに、たとえそこまで実行に移したとしても、あえて手ごめにしたりはしないわ。

ルークが期待しているのは、コレットが抵抗できなくなることだった。いままでずっとそうしてきたように、自分の魅力には逆らえないと女性に認めさせることだった。誇り高く尊大で、デイヴィのように善良な男性ではないことくらい、ずっと昔から知っている。

ルークは自分の手に入れた女性にたいして勝手気ままにふるまわずにはいられない。自己崇拝者《エゴイスト》で自分を大切にしすぎるし、自分の美貌《びぼう》と完璧《かんぺき》な肉体と女たちを足もとにひざまずかせる能力を意識しすぎている。

義理の姉のエルスペスがいい例だった。ルークの魅力に圧倒され、心からルークを求め、ルークとの結婚を夢見ていたのに、ルークはエルスペスの与えるすべてを奪いながら、エルスペスを軽蔑《けいべつ》していたにちがいない。別れを告げたあの夜にも、ひとかけらの罪の意識も後悔もなかったはずだ。

いったい何人の女性をこんなふうに扱ったのかしら？　たぶん何ダースにもなるはずよ。それなのに自分がルークの最後の恋人になるという希望を抱くなんて、あまりにも楽天的すぎるわ。

三十代になったとはいえ、ルークは最後の恋人にめぐりあうにはまだまだ長い道のりがあるし、そもそも、最後の恋人にめぐりあうかどうか疑わしい。あきらかに愛情をもっていない、まして深い感情などあろうはずもないステラ・ロガラと結婚することにでもなろうかと、自分でも半ばあきらめているくらいだから。

旅に出てはいけなかったんだわ。家にいさえしたら、こんなことには絶対ならなかったのに。家――そこは世間の荒波から、ルーク・マーリスのような男性から、わたしを守ってくれるところだったのに。

白や赤のヨットの帆が微風にはためく。網をつくろう漁師たち。海辺に銀色に光るオリーヴの木立。うっそうとした松林は古代の神殿の遺跡を隠している。アティコン島は魅惑にあふれ、魔法にかけるようにコレットを惹《ひ》きつける……けれども、滞在してはいけないんだわ。

「ハロー！　ヤサス――こんにちは！」

ふりかえると、犬を連れたペトロスが笑いかけていた。

「ハロー、ペトロス」コレットは腰をかがめて長い耳と長いしっぽの雑犬を軽くたたく。

「あなたの犬？」

「去年の夏、アテネから連れてきたんだ。あそこには野良犬がたくさんいてね。かわいそうに、こいつ、もうすこしで飢え死にするところだった」

「あなたって優しいのね……金曜日に新しい船がわたしたちを迎えにくること、知ってた？」

「いいや……けしからんな。もうすこし……すくなくとも一週間はきみがいると思っていたのに。くそ、ギリシア人も美徳を忘れてしまったのかな？　昔からアヴリオかシガ・シガでやってきたのに！」

「それ、どういう意味？」

「アヴリオは明日――未来のいつか、さ。シガ・シガはゆっくりゆっくり――時間はたっぷりあるんだから、あわてないでってこと。だからこそ、ギリシア人は誰もがとても若く見える！　来年、いや、来週どうなるかなんてことで、絶対に頭を悩まさないからね」

「あなた、おいくつ？」

「二十三。ルークはぼくのことを赤ん坊扱いにするけどね。ルークにしても、きみがそんなに早く出ていくなんて気に入らないだろうな。きみを見るルークの目つきときたら……用心しろよ、ジェニファー、やつは女たらしだから！　自分でも数えきれないほど大勢の女を泣かせてきたんだから」

「まあ、大げさね」

「新しい船のこと、誰に聞いたの？」

「ルークよ」

「そのことで、ルークはぐずぐず言わなかった？　つまり、きみに滞在しろとかなんとかさ」

「なぜ、そんなこと言うの、ペトロス？」

「あいつのきみを見る目つきさ、ジェニファー。あれは、きみとベッドに行きたいっていう……」

「ペトロス……お願い！　絶対、そんなことはなかったわ！」

つい一時間ほど前におきた場面を思いだしてコレットが赤くなったことに気づくと、ペトロスは目をまん丸に見開いた。

「もうきみにちょっかいを出したんだな！　疑問の余地なしさ――救いを求める美女が目の前にいたんだからな。ぼく、言わなかったかな、なぜルークがきみだけを歓待するか、理由は簡単だって？　ルークが助けたほかのふたりなんか、どこに行こうと知ったことじゃなかった。お目当てはきみだったのさ……」

「わたしの顔なんかわからなかったはずよ、あんな状況だったんですもの！」

「ねえ、きみ、ルークって男はいかなる状況でも美女を見逃しはしないんだ。このところ何カ月も、ここでおとなしく、退屈な生活を送ってきたからね。そこにきみという気晴しが現れた――これこそ求めていたものだったのさ。どんな場合でも未亡人は引っかけやすい――まあ、若い未亡人にかぎるけどね」ペトロスはちらとコレットの指を見やって、不審そうにつけ加えた。「きみは未亡人にしては若すぎるな。ルークは未亡人だと言ってたけど、本当？　それとも離婚したの？　ひょっとして、家にお人好しの亭主がいるんじゃないの？」

「夫なんかいないわよ！　それに〝お人好し〟ってどういう意味なの？」

「ごめんよ、ジェニファー。ただね、一週間かそこら、誰かとちょっぴり楽しむのが目的で、ひとりでヴァカンスをすごす女性もいるってことさ」

「話題を変えたほうがいいわね……」

「なぜだい？」かたわらの雑木林から声がした。「この生意気な青二才がきみを困らせているの？」

「ルーク！」ペトロスがにらみつける。「なんだっていつも都合の悪いときばかりに現れるんだ！」

「顔が赤いぞ、ジェニファー」ペトロスに冷ややかな視線を投げかけただけで、ルークはコレットに注意を集中する。「こいつがきみを侮辱したのか？」

コレットは顔をそむけ、海岸沿いに歩きはじめた。思ったとおり、まもなくルークが追いすがる。

「やっぱりあいつがきみを困らせていたんだな。なぜ、相手になった？」

「ペトロスが自分で言ったことをあなたに話したの？」

「いくらかは聞きだしたさ。どうしてきみはさっさと歩いていってしまったんだ？」

「失礼かもしれないとは思ったけど、でも、そんなことはどうでもいいから。わたし、四十八時間以内にここを発《た》つんですものね」

「きみは発ちはしないさ」静かな口調は自信にあふれ、断固とした響きがあった。「この島をあとにできるものか」

コレットはじっと海に見入った。あまりにも穏やかな青い海だった。海は泡立つ波のうねりとなって激しくぶつかりあっていなくては。そのほうがずっとわたしの気持にぴったりくるわ。コレットはふたたび迷いの渦に巻きこまれていた。

ここに滞在して、遠い昔に憧《あこが》れてやまなかった愛を——自分を犠牲にした結婚で不毛の何年かをすごしているうちに見失っていた愛を、味わうのはどんなにかすてきだろう。

まもなく二十五歳になろうというのに、いまだに愛の恍惚《こうこつ》を知らないなんて……でも、ルークとともにすごしたからといって、はたして愛の恍惚を味わえるのだろうか？ ルークのほうには愛などひとかけらもないし、まして結婚など問題にもならないというのに。ルークはすべてを捧《ささ》げつくした女性とはけっして結婚しないのだから。この寛大な時代に、なんて時代錯誤の思いこみなの！

けれども、ここはギリシアだった。変化はゆるやかで、男性は一家の女たちに絶大な権力をもって君臨する主人である。もっともルークは各国を旅行し、きれいな英語をあやつり、コレットの国にも有力な友だちをもっているくらいだから……両性の平等も知っているはずだし、理解もあるはずじゃないかしら……。

コレットは考えるのをやめる。時間の浪費だった。ルークにはとうてい深い真摯《しんし》な愛をもつ能力があるとも思えないのだから。わたしと結婚するつもりなど毛頭ないのだから。

「きみ、とても静かじゃないか。何を考えてる？」かすかに微笑をうかべてルークはそっとコレットの手をとった。「きみはふしぎな女性だよ、ジェニファー、神秘的で、とらえどころがない。ぼくはきみに――何かを隠しているにちがいないきみの静かさに惹かれるんだよ。ぼくはその何かを見つけだしたい……なぜ、そんなにびっくりする？ きみをおびえさせるようなことを何か言ったかい？」

「何も……なんでもないのよ」

「ぼくが見つけたいと思う何か……」ルークは考えこみながらくりかえす。「そうだ、そのせいできみはおびえているんだ」

ルークは立ち止まって、まごついているコレットに探りを入れるようにじっと見つめた。わたしに秘密があることに、どうして勘づいたのかしら？　さいわい、秘密が何か見当もついていないらしいけれど。

「きみみたいに手の届かないひとにはまだ一度も出会ったことがない。ぼくの出会った女たちは、いつも見え見えだった……だから、ただの一度も女性に好奇心をそそられたことはなかったのに、こんどの経験は、新鮮で、しかも刺激的だ。絶対に、きみを行かせはしないぞ」

「あなたには止められないわ。ほかの船客と同じに、わたしは新しい船に乗ります」

「そしてぼくは海辺に立って、出航するきみを見送らなきゃならんって言うのか？　そうはいくものか、ジェニファー！　運命に服従するなんてぼくの性には合わない。ほしいものはかならず手に入れる、いまあるものを手放すものか」ルークは握ったままのコレットの手を見おろし、自分のてのひらを開く。「かわいくて……華奢《きゃしゃ》だ。でも、これが、きみの姿なんだ……」

ルークは目をあげて、愛らしいコレットの顔に見入った。顔は青ざめ、唇はぴくぴく引きつっている。滞在すべきかしら？　いいえ、ルークが飽きてわたしをすてれば、もっとひどく傷つくわ！　でも、幕間狂言《まくあい》だと考えたら？　きっと最高の喜びがあるわ……コレットの心はもつれた思いが乱れに乱れた迷宮だった。

「ジェニファー」ルークがうつむいてコレットの唇に唇を重ねる。「ぼくといっしょにすごそう。いますぐ、約束しておくれ。きみが約束を破らないことはわかっている」

コレットは激しく首を横にふる。涙がまつげの上にきらめいていた。

「わたしにはできないわ！　ひとりにしてちょうだい！　わたしはそんなタイプの女じゃないの……わたしの生きかたに反するわ……」

「きみは滞在したがっている。自然な気持に従うんだよ、おちびさん、そんな建て前などうしろに押しやってしまえばいい」

「いいえ」ふしぎに頭がはっきりしてきて、ひとつの言葉がくっきりとうかぶ――悲嘆。ルークの言うように自然な気持に従えば、残りの人生は悲嘆に暮れてすごすことになる。

「わたし、きっぱり決心してるんです。家に帰ります」

「どうしてそんなに頑固なんだ、おちびさん？」

さらに数時間後のこと、コレットとルークは夕食のための着替えをすませ、日没を前に中庭《パティオ》で食前酒を飲んでいた。

ホルター・ネックのまっ白なサテンのロング・ドレスがコレットの蜂蜜《はちみつ》色の肌をひとき

わきわだたせる。クルーズ用にジェノヴァで買ったパリ・モードだった。

豪華なドレスをまとい、女王のように堂々と気品にあふれて広い階段をおりてくるコレットの姿に、ルークは目を見張ったものだ。はっと息をのみ、新鮮な感動が奔流となってルークの心と体に広がっていくのが、コレットにもはっきり感じとれた。

「どうしてわたしがそんなに頑固なのかですって?」コレットはグラスを片手にルークの言葉をくりかえす。いまは迷いもなく落ちついていた。「わたしがあなたのピロウ・フレンドになるつもりがないというだけで、頑固だときめつけるの?」

「頑固と言うべきじゃなかったな。しぶると言ったほうがずっと正確だ。なぜ、ぼくといっしょにすごすのをしぶるんだ?」

コレットは小さな笑い声をあげる。

「どうしてそんなことときくの、ルーク? あなたの思いどおりにいかないから怒ってるの? それとも挫折《ざせつ》感なんか味わいたくないからかしら?」

「冗談じゃないんだぞ! きみは冗談だと思っているらしいが」

「ごめんなさい。なぜ笑ったのか、わたしにもわからないの」

コレットはシェリーをすすって、グラスをゆっくりテーブルに戻す。ばら色のキャンドルの覆いが、琥珀《こはく》色の液体をほの赤く染めた。

ルークはコレットのダイアモンドのネックレスをちらりと見やり、イギリスの家のことが知りたいと言って話題を変えた。隠さなければいけないことが多いので、コレットは用心しながら話を進める。老人の宝物だった車のこと、その車が母と夫の死を招く運命になってしまったこと。

「きみは車に乗っていなかったと言ってたね?」

「ええ。乗っていなかったわ」

「ひどいショックだったろうね」

「もちろんよ。立ちなおるのに、ずいぶん長い時間が必要だったわ」

「すると、きみが大きな遺産を管理するようになったのは、まだ二十二歳ぐらいだったんだろう?」

「まだ二十二になっていなかったわ。でも、牧場は優秀な労働者に恵まれていて、そのなかのひとりが全責任を引き受けてくれていたの。わたしが……あのう……とても動転していたあいだね」

ルークは眉根を寄せてグラスに手を伸ばすと、謎《なぞ》めいた表情をうかべて、グラス越しにコレットをじっと見つめる。

「どんなふうにご主人と出会ったのか、まだ話していないね?」

「なぜ、そんなことに興味があるの? わたしたち、ただの知りあいでしょ。あなただって自分のことは何もおっしゃってないわ、ルーク。あなたとわたしは、ただ夜中にすれ違った船同士みたいなものよ。四十八時間もしないうちにさよならと言って、二度とふたたび会うこともないのよ」

「きみはさっきも……そんなことを言っていたな。もうきみと言い争うつもりはないが……」ルークは人差し指をコレットにふりかざす。「ぼくにはわかっているんだぞ、自分の知りたいことも……自分のほしいものも。金曜日にきみをこの島から出ていかせるものか。これは約束できるくらいだ」

コレットはいらだって目をそらした。燃え立つ夕日が海を赤く染めあげ、きらめく光のさざ波がつぎからつぎへと海辺に押し寄せては消えていく。レモンの木立の香りが風に乗ってばらの香りと混じりあい、えも言われぬ芳香が漂う。あたり一面に、島特有のしじまがあった。古いギリシアの生活がいまなお色濃く残っているアティコン島だからこそ……。

「ぼくが自分の話をしないって、たったいま言ったけど、きみは何を知りたいんだい？」

「もういいのよ。たいしたことじゃないわ、ルーク」

「きみが好奇心をもつのもごく自然なことだよ。どこからはじめようか？」

「異性への脱線行為のほかに、何か話すことがあって？　お見受けしたところ、あなたの人生は、長い長い情事のくりかえしだったでしょうに」

「天使にも鋭い爪があるってわけか」ルークは微笑する。「そんなこと、疑ってもみなかったが。きみは……挑発的で、欲望をそそるけれども、とても優しいひとだから……ぼくにだって、ちゃんと仕事はあるんだぞ。そのうえ、ほかにも興味をもっていることもある」

「たとえば?」

ルークの目がきらりと光った。

「ジェニファー」ものすごく優しい口調にコレットの神経はちりちり震える。「ぼくにたいしてそんな疑い深い態度をとらないよう忠告するよ。昔、親類の若い娘がそんな態度に出たときは、一生忘れないくらいお尻をぶって、思い知らせてやったものさ」

「わたしには指一本触れさせませんからね!」コレットは火のようにまっ赤になっていた。「あなたとはそんなに親しくないんですもの! わたしたち、いままで全然知らなかったんだから……」

ずいぶん昔からルークを知っていたことを思いだして、声がしだいに小さくなる。遠く離れてはいたけれど、コレットはルークを知り、愛し……そして、いまと同じように、求めてきたのだから。

「ぼくはもう何年も前から知りあいだったような気がするんだが……」ルークは考えこむように、ゆっくりと言う。「どうもはっきりしなくてもどかしい……」

いまはひとりごとみたいに静かな口調で、コレットは耳をそばだてる。

「もどかしいことはたしかだが……それが何なのか……」ルークは目をあげ、ふしぎそうにつけ加える。「きみ自身、親しみをもっていることに気づかないかい？　たとえばルークと言うときのきみの呼びかただ……」

はっとして、コレットはあわてて口をはさんだ。

「それがあなたの名前だっておっしゃったでしょう。わたしが親しみをもっているって、どういう意味なの？」

「きみがぼくの名前を口にするときの調子だよ。一度も恥ずかしそうにしたことがない。それなのに、きみは恥ずかしがり屋ときてる。違うかい？」

「特別に恥ずかしがり屋ってほどじゃないわ」

否定はしたものの、全身の神経は心配でぴりぴりと震えた。もちろん、ルークの言うとおりだわ。もしルークがまったく見知らぬ他人だったら、名前を呼ぶようになるまでに時間がかかったはずだもの。黙って考えこんでいるルークを見つめ、ルークの思考の流れを変えようと、コレットは急いで日没の美しさをもちだす。

「ほら、あの色を見て。つい、二、三分前には空は赤銅色だったのに、いまはピンクと淡い黄色とすてきな濃い藤色《ふじ》よ」

「きみは賢そうにふるまって、ますますぼくを惑わせるんだな」瞳をきらりと光らせ皮肉っぽく言ってから、それでもルークは海のかなたに目をやった。「きみの言うとおりだ。この数分間のうちに、空の色はすっかり変わってしまった。でも、いつも、そうなんだよ。

このあたりの落日はことに速い。きみも知ってると思うが」

ルークが話しているあいだにさえ、色は刻々と溶けあい、しだいに夕闇《ゆうやみ》に包まれていく。海辺は単彩画の暮色に変わり、夜の訪れまでのつかの間、神秘的な美しさに覆われる。

「船までさびしそう」

コレットが言うと、明るい笑い声がルークからもれた。ルークはエルスペスといっしょのときにはこんなふうではなかったわ、と、コレットは思う。この島にきてから何度も思ったけれど、ルークがこんなにリラックスしてのびのびふるまい、すぐさま微笑をうかべたり笑い声を立てたりしたことなど、あのころは一度もなかったわ。

なぜ変わったのかしら？　歳月がルークを円満にしたのだろうか？　それとも、もしかしてわたしのせいで、いままで眠っていた何かがルークのなかで目覚めようとしているのかしら……？

そんなの、狂気じみた、思いあがった考えよ！　ルークの唯一の関心は、わたしの肉体だけだもの。

「ほかに何か言うことを考えつけないいんじゃないか？」ふたたびルークが笑い、コレットは頬を染める。「ぼくはきみにうっとりしているんだよ、ジェニファー。腹が立つほど刺激的だ。ぼくの知っているほかの女性たちとこれほどまでに違うのは、いったいなんのせいなのかな？」

「たとえば、あなたの提案に抵抗できるってことかしら?」

「いつまで続くかな?」

ルークが椅子からすっくと立ちあがる。コレットは凍りついた。

「わたしにさわらないで!」

コレットも椅子から立ちあがり、用心深くあとずさる。背中が白い大理石の支柱にぶつかり、それ以上は動けなくなった。

「こわいかい、ダーリン? ぼくはきみに触れ……きみにそれ以上のものを求めさせてみせるぞ」

「いやよ!」コレットはぞっとするほど恐ろしかった。自分自身が、ルークが、そして海も海辺も美しい庭園もいまは銀一色に変えてしまった月光が。「わたしに近づかないで……」

ルークは両腕にコレットを抱き、力のかぎり逆らうコレットを嘲笑《あざわら》うように楽々と抱きよせると、あごに手をかけ仰向かせた。黒い瞳に燃え立つ炎を見つめて、コレットは震える。もう、どうしようもない感じだった……だって、このひとがわたしを求めているのと同じくらい、わたしがこのひとを求めているのに、どうして逆らえよう?

ルークの唇が唇を覆い、気がつくと、コレット自身、むさぼるようにキスに応《こた》えていた。長く、たくましい指がいかにも自分のものだと言わんばかりにコレットの背中を撫《な》で、やがてドレスの下にすべりこんで胸を愛撫《あいぶ》する。たえまなく欲望をあおりたて、ルークへの愛の成就を願わずにいられなくさせてしまう。

情熱的なキス、巧みな抱擁、エロティックな手の動き――すべてが悩ましく、コレットは風に舞う一枚の木の葉のように、ルークの情熱の嵐《あらし》にもてあそばれていた。

ルークがコレットを抱きあげようとしたときさえ、もはや抵抗する力はなかった。ルークの意図は、パティオからジャカランダの林のなかの小さなあずま屋に連れていくことだとはっきりわかっていたのに。

が、コレットを抱きあげようとしたとたんにルークはすばやく身を引き、ダヴォスが現れて夕食ですと言う前に、ゆったりと手すりに寄りかかっていた。召使いが立ち去るのを待って、ルークは声をあげて笑った。

「近くて遠いものだな、ダーリン」コレットの紅潮した顔と大きく波立つ胸を眺める。

「こうなったいまでも、まだきみはぼくから逃れたいふりを続けるつもりかい、ジェニファー?」

8

コレットを港に送り届けるあいだ、ルークは氷のように冷たく、ひとことも口をきかなかった。コレットの心はすでに麻痺《まひ》していた。かろうじてルークの情熱を寄せつけなかったものの、喜んでルークのそばにとどまれる奇跡がおきることを、必死に願っていたのだから。

ルークが昔の愛人たちにはけっしてなかった魅力を自分に見出したことはたしかだし、時さえ味方してくれたら、ルークの永遠の愛を勝ちとれそうな感じさえあるのに、船は目の前にあって、すでに大勢の船客が船と海岸を往復する何艘《そう》かのランチに乗って、ぞくぞくと乗船をはじめている。

「ありがとう」コレットは車から荷物をおろしてくれたルークを見あげる。大きな青い瞳には愁いの影があった。「本当に……親切にしていただいて……」

「とはいえ、きみは出ていけてうれしいんだろう」

「わたしが喜んでいるとでも思ってらっしゃるの？」

「違うのか？」

コレットは肩をすくめる。また言い争ったところで悲しくなるばかりだ。

「わたし、お別れします、ルーク。乗組員がわたしの荷物をとりにくるわ」

ルークはじっとコレットに見入った。喉がぴくぴく震えている。勝利を確信していた戦いに敗れて、ものすごく腹を立てていた。これほどの挫折《ざせつ》は、いまだかつて、一度も味わったことがなかった。

「まだ行く必要はない。最後のランチに乗りたまえ！」

傲慢《ごうまん》な口調で命令する。目には挑戦的な炎が燃えさかっていた。わざとわたしに口答えさせようとしているんだわ。顔をそむけて、コレットは平和な島のたたずまいに見入った。ギリシアのサファイア色の空に鋭い峰を突きだし、午後の太陽を浴びてまどろんでいる高い山々からいなごまめのゆるやかな斜面が続き、その下には青々とした緑の牧場が広がる。高原の白い家並み。オリーヴ林から突きでた教会の鐘塔。山羊の世話をする女。光の波が揺れる海、そして沖合には船が――この楽園の島から、そして二度とふたたび会うことのない相手から、コレットを連れ去る船があった。

震えるようなため息がコレットからもれる。どうしてさよならなど言えよう？　ただひとこと口にすれば、ルークはわたしのものになり、幸福な数カ月が約束されているのに……でも、けっきょくは、これでおしまいだと軽く言い渡されて、すてられるだけ。そうだわ、エルスペスに向かって言ったように、あの平然とした態度で。

きまりきった日常生活と、待ち受けている責任の重さを思いうかべ、コレットは固く目を閉じ、むしろ死んでしまいたいとさえ思った。

「そろそろ参ります。最後のランチまで待ったところで、どうにもなるわけでもないし……」

「あとにしてくれ!」ルークが手をふって、荷物をとりにきた男を追いかえす。「ミセス・マドックスは最後のランチに乗るから」

「わかりました」

男は別のスーツケースをもって立ち去った。

ついに最後のランチも、しだいにひとと荷物で埋まっていく。コレットもランチに向かいながら言った。

「さよなら、ルーク。ペトロスによろしく」

「わかった」

ぶっきらぼうな冷たい返事をあとにランチに乗りこむ。船客たちが泊めてもらったひとびとに手をふり、お礼の言葉を叫び、いつかまた訪ねてくると約束している。

コレットは座ったまま、膝の上のハンドバッグをじっと見つめていた。目をあげたり、ルークに手をふったりしないつもりだった。そんな思い出を集めて、ますます痛みを深めてもなんの役にも立ちはしない。

クルーズ船に乗り換え、指示どおりパーサーの事務室に行って名前を登録する。すべてが順調に運んだ。船は夕暮れ前に出航し、クルーズが再開された。

つぎの寄港地は神話と伝説で名高いスキロス島だけれど、コレットは家に帰りたかった。仕事に没頭し、ルーク・マーリスという名前の男が存在したことさえ、忘れてしまいたかった。


船は島に九時間寄港し、夜の八時に出航する予定だった。コレットは若いカップルといっしょだったけれど、口実をもうけて別れると、ひとりで海岸通りをぶらついた。

やっと帰る時間になって、船の停泊している港のほうに足を向ける。すぐさま目に入ったのが、あのルークのモーター・ボートだった。ルーク！　こんなところで何をしているのだろう？　仕事？　それとも、わたしが宝石か何か忘れてきたのかしら？

ボートの出現に頭がぼうっとなって、考えることはおろか、身動きさえできない。ボートはものすごいスピードで港に向かってくる。まっ白い水しぶきをあげ、ヨットも釣り船もぐんぐん追い抜いて。

「いいえ……いいえ、そんなはずないわ……ルークがわたしに会いにくるものですか……」

ルークがコレットに気づく。手をあげてあいさつを送り、突然、ある程度勝負が決まったみたいに、にこっと笑う。ボートをつないで岸にあがると、大股に歩みよってくる。コレットの体がふらっと傾く。なぜ、こんなに脚から力が抜けるのかしら？

「ジェニファー……」いったん足を止め、ふたたび歩みよると、ルークは乱暴にコレットの肩をつかんだ。「帰ってくれるね。絶対にきみを悩ましたり誘惑したりしないから。ただぼくの客として、しばらく滞在してくれ。きみを行かせるわけにはいかない。ただの客として招待したら、きみが受けてくれるとひらめいたんだよ」

ルークはそっとコレットを抱きしめる。目が優しく説得していた。

「きみが本当は帰りたくないってほのめかすようなことを、桟橋で言っただろう。覚えているかい？　ぼくはきみにすごく欲望を感じてはいるが、喜んできみをただの友だちとして迎えよう。きてくれるね？　ぼくといっしょに休暇をすごすと言ってくれるね？」

心が空気のように軽くなる。時間ができるわ……それに、あきらかにルークは、わたしにある感情を抱いてるわ。そうでなければ、わたしを連れ戻すためにこんな面倒なことをするはずないもの。時間さえあれば……けれども、ふいに疑い深くなって、コレットは真っ正面からルークを見すえた。

「お言葉どおり受けとっていいのね、ルーク？　本気なんでしょう？　あなたを信じていいのね？」

「信じていいとも、ジェニファー、きみを悩ましたり誘惑したりしないと言ったからには、そのつもりでいる」

「きっと手続きが面倒でしょうね？」

「いつでもきみが好きなときに船をおりればいいさ。さあ、いっしょに船に戻って荷物をとってこよう」

「ええ……ええ、いいわ、ルーク」

「どうした、まだ何か問題があるのかい？　ぼくが約束した以上、心配することはないだろう？」

「いいえ、ただ……ちょっと無分別だって感じがしてるの。どのくらい、わたしに滞在してほしいの――友だちとしてだけど？」

「きみの好きなだけさ」

「それで……プラトニックでいいのね？」

「約束する」

わたしの望むだけの期間となれば……そのあいだにルークがすこしでもわたしを好きになれば、奇跡がおきないとはかぎらない。そして、ついには、ルークの最後の恋人になれるかもしれない……。

海は暖かく、穏やかだった。ルークと泳いでいたコレットは、ルークといっしょに砂浜にあがった。わずかしか覆うもののないふたりの体は、アラブ人のように褐色に日焼けしていた。

先週は、夜は別だけれど、ふたりがいっしょでなかったことは一度もなかった。牧歌的な、このうえなく幸福な時をすごしながら、コレットは明るい希望を胸に抱いて、いずれは自分の望むすべてが手に入るにちがいないという予感さえ抱いていた。

ルークは優しさそのもののように、親切で思いやりがあり、どんな小さな世話でも喜んでしようと待ち構えていてくれる。これがみんなお芝居だったり、敗北を認めさせられて手ひどい打撃を受けたプレイボーイの綿密な企みであろうなどとは、一瞬たりともコレットは疑っていなかった。

それればかりか、ルークが自分をものにするつもりで、狙った獲物にそっと忍びよる作戦も、いままで経験したことのない気晴らしだと考えていようなどとは、コレットには思いもよらないことだった。

ルークは微笑をうかべて、大きなビーチ・タオルをコレットに手渡しながらたずねる。

「幸せかい、ダーリン？」

「とっても幸せよ、ルーク」

「ぼくもさ。ねえ、ジェニファー、きみとぼくは以前どこかで出会ったことがあると思うんだが……ずっと昔の話だけれど」

体をふいていたルークは、ぎくっとしたコレットに気づかなかった。ルークに、ルークの愛に、ルークの結婚の意志に確信がもてるようになれば、告白せざるをえないと思うけれど、そんなことは問題ではないという自信があった。

「向こうを向いて」

ルークはコレットからタオルをとって命令する。いまではルークに従うくせがついてしまって、言われたとおり背中を向ける。すっぽりとコレットをタオルでくるむと、ルークは手がどこに触れようがおかまいなしに、しかもコレットに文句をつけさせない巧みさで全身をふいていく。

コレットは何度もルークにキスを許していた——コレットも心から望んでのことだけれど。でも、いままでのところ、それ以上のことはおこっていない。コレットはうっとりとロマンスの波間に漂い、このうえなく幸福な光り輝く日々を送り、ルークが自分を愛している事実に目覚めるのを、じっと待っていた。

もちろん、メイジーとフィリップ夫婦には葉書で、住所を知らせた。親友のメリエルにも知らせたかったけれど、メリエルはコレットの結婚直後に結婚して南アメリカに行ってしまい、なんとなく連絡が絶えていた。

「さあ！　すっかりきれいにふきとったぞ」ルークはタオルを投げすて、からかうように言う。「申しわけ程度の覆いの部分は別だけどね」

その夜、ペトロスがやってきて、コレットに両親に会いにこないかとたずねた。ペトロスはコレットが帰ってきていることに驚きを隠さなかったが、そのことには何も触れなかった。ただ、ルークがふたりで行くよと返事したとき、ふいに顔を曇らせただけで。

ペトロスの家は大きくて豪華そのものだが、ルークの館と似たところはなかった。小さな高台に建っていて、ふたりが通された部屋からは、樹木の生い茂った斜面のかなたにオリーヴの林が見え、その向こうに海が見晴らせる。

ペトロスの母親は、コレットの想像よりふけていたけれど、優雅な黒いドレスをまとい、豊かなグレイの髪をうしろに束ねていた。愛想よくコレットにあいさつしたあと、ふしぎそうに甥《おい》を見やる。ルークのほうは知らん顔でそっぽを向いた。わたしをルークの新しいピロウ・フレンドだと思いこんだのかしら？　なんとなくそんな感じじゃなかったけれど。

父親のミスター・スタヴロスは長身の堂々とした男性で、コレットと握手を交わすと、ミスター・スタヴロスとまったく同じにルークを見やった。ヴェランダで飲みものが出ると、ミスター・スタヴロスがコレットにたずねた。

「いつまで滞在なさるつもりかな？」

「ジェニファーはしばらく島を発《た》つ予定はありません」

ルークが穏やかに口をはさむ。コレットはミセス・スタヴロスにこわれるままに船火事の話をしたが、そのあとはありきたりの会話になった。あくびをかみ殺していたルークが、とうとういとまごいを告げると、ミセス・スタヴロスが言った。

「お夕食をごいっしょにと思ったけど、たぶん、そうじゃないほうがいいと思ったのよ。明日の夜はいかが？」

ルークはにこやかに礼を言って、すでにケルモス・ホテルに予約がとってあるのでと断る。ジェニファーの気分転換にもなるでしょうから、と。

帰りの車のなかで、本当にホテルに夕食の予約をしてあるのとコレットがたずねると、ルークは、もちろん、ぼくが嘘《うそ》をつくはずないだろうと答えた。ちらとルークを見やると、なんとも言いがたい表情に出くわしてしまった。

夕食のときもルークは珍しく静かで、コレットが思いきって何か気がかりなことでもあるのかとたずねてみても、何ひとつないと即座に返事がかえってきただけだった。

ルークのようすが変わった理由がわかったと思ったのは、翌朝のことである。コレットは海岸で犬を連れたペトロスに出会ったのだが、明るくあいさつを交わしたあと、ペトロスはなんとなくぎこちないようすになり、とうとう心配そうに口を開いた。

「ステラという娘があそこの小島に住んでるって話したこと、覚えているかい？」

「ルークが興味をもっているお嬢さんでしょ？」

「ステラは二カ月間アティコン島を離れているはずだったんだ。いつも夏は二カ月間、アテネの友だちのところで暮らすことになっていてね。息抜きでもしないと、島の暮らしは単調すぎるもの。ところが、昨日の午後、突然、帰ってきた。

ジェニファー、ぼくはきみがルークにだまされていると思うといやでたまらないんだ。きみが悪い女なら話も違うけど、ぼくには信じられないんだよ、きみが……」

「ルークにだまされるって、どういう意味？」

「昨日の夜も、ぼくはほんの数分間、きみひとりのときに会いたいと思ってルークの家に行ってみたんだよ。そもそもルークにはぼくの家にきてほしくなかったのに、ルークのやつ、いっしょにくると決めてしまっただろう。だから、ぼくはきみに話すチャンスがなかった……ところで、ルークはいまどこにいる？」

「電話よ――アテネの同業者と話してるわ。すくなくとも一時間はかかるって言うから、わたし、散歩にきたの。あなた……そのステラってひとのことで何かわたしに話があるのね？」

コレットにしても、当然ステラのことを考えないわけではなかったが、ルークと自分のあいだの進行状態からかなり自信をつけていたので、たいしたことはないとたかをくくっていたところがあった。

「うん。いいかい、ジェニファー、ふたりのあいだには了解が成り立っていて……」

「でも、ルークがほかのひとと恋に落ちたら……」

思わず言いさしたものの、ペトロスの表情に気づいて口をつぐむ。わたしを哀れんでいるんだわ。黒い瞳は同情にあふれ、とても心配そうだ。

「ジェニファー……ルークはけっして恋に落ちたりする男じゃない。できないんだよ。父も母もきみを気の毒に思っている。きみが慎み深いことも、ルークがまだ……その……きみを手に入れていないことも信じている……ごめん、ジェニファー、でも、はっきり言わなきゃならないときもあるんだ。

ぼくらはどうしてきみが戻ってきたかは知らないし、それはきみ自身の問題だ。でも、お願いだから、くれぐれも用心しろよ！　母はきみが気に入って、傷つきやすくて繊細だから心配だと言うんだ。

ステラは感じのいい娘とは言えないからね。もしきみを競争相手だと考えれば、思いきり傷つけようとするだろう」

「どうやって？」

機械的に聞きかえしたものの、コレットの心は、ペトロスの言ったもうひとつのことでいっぱいだった。ルークはひとを愛せないっていうのは本当かしら？　八年間も耐え抜いたコレットの強い愛は、いつの日かルークも気も狂わんばかりに激しくコレットを愛しているることに気づき、最後の恋人として、人生をともにすごしたいと思ってくれるようになると彼女に信じこませていたらしかった。

「ステラには毒があるからな。きみを愛していると思わせるようなことを、ルークは何かしたのかい？」

「ええ……あのう……いいえ……ペトロス、いまルークのことは話したくないわ」

ペトロスにはコレットがほとんど泣きださんばかりに見えたけれど、願いを無視してたずねるほかなかった。

「ルークはどのくらいきみにいてほしがっているんだい？」

「知らないわ……」

「絶対、二カ月以上ってことはないな！」

「ステラがいないあいだだけってこと？」

「そう、ステラがいないあいだだけさ。ルークは信用できないんだったら、ジェニファー。大勢の女たちがルークの手にかかって苦しんできたんだよ。母は本当に心配して、きみに注意する手段を見つけなくてはと言ってるくらいだ。

ルークは昨日の夜、ステラが家に帰っていることを知った。ぼくらが――きみと母とぼくが話しているときに、父が話したんだ。ルークはちょっと頭にきたらしい。おかげで、自分の企《たくら》みが台なしになったみたいにね。

われながらむごい男だと思うけど、母がぼくからきみに注意しておくようにって言いはるものだから……このあとは、まったくきみしだいだ。ぼくはいつもはこんなにくそまじめじゃないんだけどな。でも、どうしても気になってね。ルークを信じちゃいけないよ、ジェニファー！」

コレットは涙でかすむ目でペトロスを見あげた。心は鉛のように重い。

「わたし、思ったの……あのひとだって……わたしを愛するようになるかもしれないって……」

精魂つきた感じがあった。はじめてルークを知り恋に落ちたころのように、自分がひどく幼い感じだった。やっぱり、ルークはわたしのものではないんだわ。それくらいわかっていたはずなのに。戻ってくるように説き伏せられてはいけなかったのに。

「きみ、島を出たほうがいいと思わないかい？　でないと、ルークはきみの心をずたずたに引き裂いてしまうぞ。ぼくは何もメロドラマがかって言ってるんじゃないんだ。ぼくらはルークがどんな人間か知っている。これからも、女たらしのプレイボーイであることに変わりはないいさ」

「でも、ステラ・ロガラが……きっと反対して……」

「ルークのふしだらな振舞いをかい？　ギリシアの女たちは男が不実なことくらい承知のうえさ。それに、まだ結婚しているわけじゃないから、ステラは文句を言える立場じゃない。いずれにしろ、ステラがそこまでうるさく言うようなら、ルークのことだから、いずれ思い知らせるだろうね」

「あなたはステラがわたしを傷つけるって言ったけど……ステラに何ができるの？」

「よくわからないな……でもルークはいままで一度も連れてきたことなんかないんだよ、ルークの……」ペトロスは急に言葉を切って言いなおす。「ステラだってルークの評判くらい知ってるさ。でも、ルークはいままで情事をこの島までもちこまなかった。きみを自分の家に置いたこんどの件では……ぼくの両親もぼくも、あきれてるんだが」

「わたしたち、ただの友だちよ」

「母もそう信じている……だからこそ、ぼくら皆がびっくり仰天しているのさ。女性をただの友だちとして求めるなんて、ルークらしくないもの。とりわけ、きみのように美しい女性をだよ。

ぼくら皆、信じているんだが……と言うより確信してるんだけど——ルークは何か隠しているんだってね。でなかったら、ルークがきみを家に招待するはずもないだろう？」

コレットは何も言わなかったが、心には疑惑と不信が根をおろしていた。ペトロスと両親は当然ルークをよく知っているはずだし、わたしにしてもルークの評判は百も承知だったのだから。

ルークは是が非でもわたしを手に入れようとして、まったく新しい態度をとり、本性を隠して別の仮面をつけることまでやったんだわ。親切で思いやりがあり、愛情あふれる紳士になりすまして、わたしにキスをし、そっと腕に抱き、優しいまなざしを向ける——すべては最後の勝利を得るためのお芝居だったんだわ。わたしがどんなに嘆き悲しむかなんて気にもかけないで、自分のものにして二カ月ほどそばに置き、ステラが帰る予定の日の寸前に平然とさよならと言って船まで送っていく――これが、ルークのもともとの計画だったんだわ。

「ぼくらの忠告に従って帰る気になった？　母からの言伝てだけど、きみの決心がつけば、父がすべてを手配するそうだ。それに、ルークの家をすぐ出たいのなら、ぼくらの家にくればいいって」

コレットは首をふった。否定のしぐさではなく、どうしていいかわからなかったせいで。ルークはやはりコレットを惹《ひ》きつけていて、しかも、このうえなく幸福な一週間をすごしたあとでは、いまさらルークのいない生活など、あまりにもあじけなく空しくて、考えることすらできなかった。

「よく考えてみるわ、ペトロス」やっとの思いで震える声で言う。目の奥が涙でうずいた。「決心がついたらあなたに知らせるわ。お母さまにお礼を申しあげてちょうだいね」

コレットが散歩から帰ってくると、ルークは庭園にいた。

「きみを探していたんだぞ……どうかしたのか？　落ち着かないみたいだけど」

「どうかしたって、ルーク？」コレットはつくり笑いをうかべる。「どうかするようなことがあって？」

「ぼくにはわからないが……きみはいつもと違う」

「たぶん、疲れてるのよ。昨日の夜、とても遅かったから」

ルークはコレットの細い腰に腕をまわして引きよせる。コレットの体は思わずぶるっと震えた。

「いっしょに海に出かけないか、ダーリン？」

コレットの唇が震える。ルークの優しい声、ダーリンという呼びかた――ほんのすこし前まではわくわくしたものだけれど、いまは……。

ペトロスもご両親も間違ってるわ。もちろんルークの過去に関しては間違っていなくても、こんどだけはルークを誤解しているってこともありうるもの。急いで結論にとびついたり、すぐさまルークをとがめたりするのはよそう……。

「ええ、行きたいわ」ぱっと晴れやかな顔になって答える。「ああ、ルーク……すてきな日ね！」

「太陽のことかい？　ああ、すてきな日だ。今日はマンドラキの浜辺へ案内しよう」

「マンドラキ――ロードス島の港の名前ね」

「ギリシアにはマンドラキって地名はたくさんあるんだよ。アティコン島のやつは、この島のほかの浜辺とはまるっきり違う。すばらしい林の小道を行くと、草花でいっぱいの砂丘に囲まれた、まっ白な入江に着くんだよ――ここの朝の景色は途方もなくすばらしい。浜からちょっと入ったところに、庭園のなかにつくられたギリシア独特のレストラン、タヴェルナがあってね、ポテト・オムレツという、うまいけどちょっと変わったとり合わせの料理を出してくれる。バターがたっぷりつかってあるから、きみがカロリー計算をしているとなると、えらいことだ」

「そんなこと、してないわよ」

コレットが笑うと、ルークは腕に力を入れてぎゅっと抱きしめた。家から見えるかもしれないのにいっこうに気にかけるようすもなくコレットにキスをする。

「きみの姿は天使のようだ。それでいて、ひどくひとをそそのかす……ジェニファー、ぼくの忍耐もそろそろ限界に近づいてしまったよ」

ルークがほのめかしているのは結婚かしら……それとも、もうひとつのほうを指しているだけ……?

9

　ふたりはトルコ石のように青い海で泳ぎ、砂浜でひと休みし、また海に入った。ふたたび砂浜にあがると、ビーチ・タオルに腰をおろしてしばらく肌を焼く。もの思いにふけって黙りがちだったルークが、ふいに声をかける。

「きみ、イギリスのことをたずねたことがあったね。ぼくはイギリスではいろんなところに行ったが、たいていのことははっきり覚えている……もちろん、ぼくの出会ったひとたちのこともだ」

「あら……そう？」

　コレットは全神経をそばだてて身構える。ルークは何か、漠然とはしているが重要なことをつかもうとしているらしい。

「ぼくのイギリス滞在のことは、もう聞きたくなくなったのかい、ジェニファー？」

「ええ、とくに興味があるわけじゃないの。あなたはお仕事でいらしたんだもの――主にね」

〝主にね〟という言葉にルークは口もとをきゅっと引き締めたが、何も触れなかった。かわりにコレットが結婚前にどこに住んでいたかとたずねる。危険な話題だった。告白にふさわしい時期なら問題ではないけれど、いまはとうていそんな場合ではない。

「結婚前の生活のことはあまり話したくないのよ、ルーク」

「なぜ話したくない？　幸せじゃなかったのかい？」

「わたし、話したくないの」恐怖に思わず口調が鋭くなる。「だから、きかないでほしいわ！」

「何も怒ることはないだろう。その話題にはずいぶん神経過敏になるんだな」

「お昼の時間じゃない？　ここのタヴェルナに連れてってくださるんじゃなかった？」

黒い瞳がきらりと光り、とげとげしい顔に変わる。コレットが話をはぐらかしたことに、ルークは腹を立てていた。ルークの気分に敏感なコレットは、それだけで傷ついてしまう。ルークみたいな男性との結婚生活は、いつもばら色とはいかないわね。

着替えをしてタヴェルナに向かって歩きはじめると、ルークがそっと腕をとってくれる。コレットはたちまち幸せな気持に戻る。海に面したテーブルに着くと、紙ナプキンに包んだナイフとフォーク、それに水のグラスが運ばれてきた。

「こういうところにも慣れなくちゃね。旅行者だからって特別扱いはしてもらえないよ。ここに泳ぎにくる連中は土地の者だけだもの」

「わたしは好きよ。これこそ本物のギリシアだわ。観光が重要な産業になっているところでは、ギリシアにいるなんてとても思えないところが多いでしょう? キオス島のモダンなホテルでお昼を食べたときなんか、一歩なかに入ると、ロンドンのホテルとちっとも変わらなくなってしまって」

ふたりは自慢料理のポテト・オムレツとサラダを注文する。食事の半ばごろ、ブラガ姿の四人の男性が四角い舞台にのぼり、テープ・レコーダーのブズキ音楽に合わせて踊りを見せる。タヴェルナをあとに並んで歩きながら、ルークがたずねた。

「楽しかったかい?」

「すてきだったわ。明日もまたこられるかしら?」

「たぶんね」

ルークはあいまいに答えた。海辺に戻る。きらめく日差しと緑色のソーダ水のように泡立つ海があった。ルークは緑の谷間にコレットを案内すると、水車小屋のそばで足を止めた。

「春になると、丘は一面、青いあやめの花で埋めつくされるんだよ。それに黄色のはりえにしだ、からしな。色とりどりのアネモネやさくらそうがいっせいに咲き誇る。そこに見えるのはアーモンドの林だから、あちら側の谷一帯はピンク色に染まる」

「わたし、春の景色を見られるかしら?」

コレットは思わずつぶやいていた。ルークがばらの花をぽいと打ちすてた場面を思いおこしていたコレットには、ほとんど苦痛に近い、強烈な憧《あこが》れがあった。ルークはコレットを抱きよせ、唇に唇を重ねる。

「春はずっと先だ」唇でコレットの耳を愛撫《あいぶ》しながらささやく。「いまという時を大切にしなくては、ダーリン……ぼくらは貴重な時間をむだにしている」

コレットはルークの腕のなかで、はっと体を硬くする。

「いったい……あなたは何を求めてるの?」

結婚でないことはよくわかっていた。心がきりきりと痛む。やはりペトロスとご両親は正しかったんだわ。ルークはわたしと戯れていただけ。

「ぼくの求めているものはわかっているはずだぞ、ジェニファー、きみは愚かでもうぶな女学生でもないんだから。いつまでぼくに抵抗できると考えているんだ? 運命を受けいれてぼくのものになっておくれ」ルークはすばやく唇を重ねる。「きみはぼくを酔わせる。きみがほしいんだよ、ダーリン。きみもぼくを求めていることを否定してみても、むだだよ……」

ルークはコレットをまっすぐ見すえ、黙って答えを待っている。コレットは顔をそむけたが、すぐさま、まるで主人のようなしぐさでくるりともとに戻されてしまった。

「きみは自分自身に正直じゃないぞ、ジェニファー、正直なら、こんなばかばかしいことはやめて、いまという時を思うさま楽しめるはずだもの」

「あなたはきちんと約束なさったわ。わたしがあなたのお客さまになるのをお受けするなら、プラトニックな一線を越えないって」

「ぼくらがいつまでもそんなふうにいくはずはないってことくらい、きみにだってわかっていたはずだ」

「わずか一週間あまりで、あなたがご自分の約束を引っこめたくなるなんて、わたし、考えてもみなかったわ！」

いまは腹立たしくてしようがない。はじめてコレットは、ルークを愛さなければよかったと思う。愛していなければ、人でなしと思いきりののしることもできたのに。

けれども、もし別れるしかないとしたら、なおさら、いまの苦しみよりさらに大きな苦しみをもたらす思い出を残すわけにはいかなかった。さよならを言うのなら、わたしらしく憎しみをあとに残したくない。

「きみはそれほど純情なのか？　本気でぼくらは絶対にセックスしないと信じていたのか？」

そんなことは夢にも思っていなかった。コレットはただ、時を味方にすれば、自分を愛するようにルークを仕向けることができるという希望をいつくしんでいただけだから。でも、その時間さえ、ルークが断ち切ってしまった。

いずれにせよ、わたしの夢は最初から、はかないものにすぎなかったんだわ。あなたはわたしをひざまずかせるために、わたしを連れ戻しただけだったんだもの。コレットはルークから身を引いた。

「わたしたち、家に帰ったほうがいいと思うわ。わたしはイギリスに帰ります。それまでは……」はっきり相手を傷つけ困らせることを言ってやりたくて、つけ加える。「わたし、あなたの叔父さまと叔母さまのお世話になるわ。おふたりとも迎え入れてくださる……」

「ぼくの叔父と叔母だって？　迎え入れるって？　どういう意味だ？」

コレットはまっ青だったけれど、落ち着いていて、ルークがいままで見たこともない静かな威厳を備えていた。

「どうしても知りたいっておっしゃるなら、わたし、おふたりからお招きをいただいてるの。叔父さまが帰りの船か飛行機をとってくださるまで、あちらでお世話になります」

ルークはぎゅっと歯を食いしばる。つややかなブロンズ色の頬にまっ赤な筋が何本かうきたつ。そして、ついに大声でどなった。

「あっちに行かせるものか！　どうして、いつ……そんな手はずをとり決めた？」

「ペトロスが今朝会いにきてくれたの。お母さまがペトロスにお頼みになったんですって、わたしに会って、あなたのことを警告するようにって……」

「警告？　いったいペトロスはぼくのことをなんて言った？」

「真実だけよ、ルーク」コレットの目は涙でかすんでいた。「あのひとたちはご存じなの、あなたがわたしとゲームを楽しんでいるってことを。そのうえ、わたしがあなたのタイプじゃないって感じてらっしゃって、わたしのことを心配してくださってるの。わたし、感謝してるわ……」

「いつもよけいなことにくちばしを入れて出しゃばりやがるな……きみは午前中、ずっと、ぼくと別れようと考えていたんだな？　だから、ずっと上の空だったんだ。なぜ、ぼくがたずねたときに答えなかった！　とにかく、このことははっきり言っておく――絶対にきみを叔父や叔母のところへは行かせないからな」

コレットの目に怒りがぱっと燃えあがった。耐えられることには、すべて耐えてきたというのに。静かにルークのもとから消え去ろうという思いなど、もうどうなってもいい！

「あなたがわたしに命令できるものですか！　こんな態度をとるなんて、自分をなんだと思ってるの？　わたしのことを、ご主人の荒々しい言葉ひとつに縮みあがる骨なしのギリシア女のひとりだとでも思ってるの？

あなたはわたしが愚かでもうぶな女学生でもないと言ったけど……そうよ、おっしゃるとおりよ！　いままでは、わたし、だましやすく見えたかもしれないけれど、いまはわたし、あなたが腹の底まで腐りきっていると思いはじめてるわ！

あなたにとって女たちは、飽きるまでもてあそぶ玩具《がんぐ》でしかなくて、自分で女たちをめちゃくちゃにしておいて、ぽいと投げすてる！　でも、こんどはおあいにくさま、あなたの負けよ。わたしのほうがあなたより一枚上手《うわて》で、あなたの手を逃れてきたわ」

張りつめた沈黙があった。思いきってルークの浅黒い顔を見やる。厳しく無情な顔は、まさにギリシア人だった。古代の異教徒の末裔《まつえい》だった。

けれども、ふしぎなことに、ちっともこわくない。ルークの怒りにも説得にもびくともしない自制心と威厳の甲冑《かっちゅう》を、コレットは身につけたらしい。これが永遠の別れだわ。美しい館と忠実な召使いたちの待つ故郷に帰ろう。

「きみはぼくの手を逃れてきたと言ったが」ルークの耳ざわりな声が沈黙を破り、コレットの神経をえぐった。「ゲームはまだ終わっていないぞ！　これだけはたしかだ――きみを叔父や叔母のところには行かせないからな！」

「もうそのことはおっしゃったわ。そして、わたしも自分の好きなようにするって答えたはずよ！　あなたはわたしにとってなんの意味もないもの――わかった？　なんの意味もないのよ！」

「きみは……嘘《うそ》つきだな、ジェニファー」

ルークの口調も顔つきもびっくりするほど変わっていた。薄笑いが口もとのこわばりを和らげ、皮肉たっぷりの非難が猛々《たけだけ》しさにかわって目にうかぶ。コレットは息をのみ、ふたたびわきおこった感情をもてあましていた。このひとの力はあまりにも危険だわ！　はっきり決心したいまもなお、わたしを惹《ひ》きつけるんだもの。

「ぼくの目を見て、ぼくがきみにとってなんの意味もないと言えるかい?」

「なんてうぬぼれ屋なの、ルーク!」いまにも涙がこぼれそうだったけれど、かろうじてはすっぱなふりを装って切りかえす。「わたしがあなたを愛しているとでも言いたいの?」

「愛しているとは言わないさ。でも、ぼくがきみに惹かれているように、きみはぼくに惹かれている。問題は、きみがそのことを認めようとしない点で——だから、ぼくらは行きづまってるのさ」

「それじゃ、行きづまりのままにしておきましょう」

「きみは汚いぞ、ジェニファー」長いあいだかかって自分を抑えてから、静かに言う。「きみはさっき、ぼくが何を求めているかたずねたな。こんどはぼくが、きみは何を求めているのかたずねる番だ。ぼくの本能が教えてくれるんだよ、戻ってくることを承知したとき、きみの心のなかには別の企みがあったはずだって」

「別の企みって?」

「休暇のほかに……プラトニックな関係のほかにだよ」

「なぜ、あなたの本能がそんなことを教えるの?」

「だって、おかしいじゃないか。きみは心からここに戻りたがっていた。でも、なぜなんだ? 何か理由があるはずだぞ」

「もちろん、休暇よ」

「きみは情事をもとうと考えてはいたんだが、まだ十分なほどぼくと知りあっていないと感じていたんだ」

「解釈はお好きなように、ルーク。あのとき、長い知りあいじゃなかったというのなら、いまも事情は変わっていないわ。わたしが戻ってきてから、まだ一週間とちょっとしかたってないのよ。お忘れになったの？」

「ぼくの推理がまるっきり間違っているとでも言うつもりかい？」

「わたしは何も言ってないわ」言い争いにうんざりして、コレットは歩み去りながら、館に帰って荷造りをするつもりだと告げる。「今日、出ていきたいの――いますぐにね」

「こんなふうにきみを出ていかせるわけにはいかないんだ。ひとになんと思われる？　ここはちっぽけな島だから、ゴシップは致命傷になるんだぞ」

「あなたがゴシップを気にかけるですって、ルーク？　あんまり驚かさないでよ！」

「きみらしくしたほうがいい。きみが格好をつけると、胸がむかつく」コレットは赤くなって口をつぐんだ。「きみを出ていかせるわけにはいかないと言っただろう。叔母に会って説明してくる。ぼくがおとなしくゴシップにさらされていると考えるなんて、叔母さんもどうかしてるよ」

「あなたが心配しているのは、ステラのことでしょ？」自分でも抑えられない何かがコレットを駆りたてる。「ステラだってゴシップに影響されるから?」

「ペトロスはステラのことまできみに話したんだな」ルークの目には危険なきらめきがあった。「予定より早く帰ってきたこともだな?」

「たしか、そんなことも言ってたわね」

「あいつに会ってくる。いますぐにだ!」

コレットが歩み去ろうとすると、すぐさまルークが追いすがった。館を出るというコレットの決心が心配なのは、見ればすぐわかる。コレット自身はゴシップのことまで考えていなかったし、ルークを困らせたいわけでもなかったので、はっきり結論を出す前にもうすこし考えてみると約束した。


その夜、ホテルでの食事に出かけるとは思っていなかったので、八時にルークが部屋をのぞきにきて、八時半の予約だから急いで着替えるようにと言ったときには、心底びっくりした。いまになってもいっしょに出かけることがうれしい自分に、腹も立つけれど。

ホテルのラウンジは小ぢんまりとして、くつろいだ感じだった。ほとんど島民の姿ばかりだが、外国人も何人か混じっている。その日、エーゲ海の島めぐりをしているイギリスの観光客が二十人ばかりやってきて、このホテルと島の反対側にあるパンテオン・ホテルに分宿して、一週間滞在するという。

メニューが運ばれる。ルークは自分をじっと見つめているコレットに気づいてにっこり笑いかけたが、心の重すぎるコレットは応《こた》えることもできなかった。ルークは眉根を寄せ、メニューに注意を戻す。

「ルークじゃない！」ハスキーな低い声。ほっそりとした娘が腰と黒髪を揺すりながら歩みよってくる。ダイアモンドとパールが胸もとと手首を飾り、イヤリングの長さは十センチくらいもあった。「こんなところでお会いするなんて！」

「ステラ！」ルークがぱっと席を立つ。仮面をつけた顔に、コレットはルークの心を読むことなどできなかった。「もちろん、きみが帰っていたことは知っていたよ。友だちを紹介しよう――ジェニファー・マドックス。イギリスのひとだ」

娘の表情は濃いマスカラのまつげの陰に隠れていた。

「はじめまして、ミス・マドックス」

「ミセスなんだ」思いがけない出会いのはずなのに、ルークは落ち着き払って訂正する。

「ぼくがうっかりしていた。ジェニファーは未亡人なんだよ」

「未亡人？　まあ、お若い未亡人なのね、ミセス・マドックス」

「ええ……」

自信のにじみでるこの女性に圧倒されて、自分が小さく、場違いの感じを味わう。

「ここで夕食かい？」

「ええ。まもなく父がくるわ」

ウエイターがくると、ステラはルークにたずねるいとまも与えず、さっさとギリシア語で注文する。そのあと、ルークにギリシア語で何か言った。ルークがちらとコレットを見る。ばかにしたようなことを言ったのかしら？

ステラの父ミスター・ロガラが現れると、四人で食事をともにすることに決まった。コレットにとっては完全に食事を台なしにする状況も、そのあとの出来事に比べればなんでもなかった。

食事のあと、皆で仕上げのお酒を飲むためにラウンジに戻ったとき、パンテオン・ホテルに泊まった観光客もきていた。そしてコレットが最初に見たのは、エルスペスの姿だった。信じられない思いに、コレットは思わず息をのみ、ぱっとルークを見やる。が、ルークは気がついていなかった。

けれども、カウンターに立ったままあたりを見まわしていたエルスペスが、突然ルークに気づき、連れの観光客にはひとことも断らず、さっそうとルークのテーブルに歩みよった。

「ルークでしょ……ハロー！」昔、コレットがしだいに憎しみをもつようになったあの声で呼びかける。「この島に寄るって知らされたとき、もしかして再会できるんじゃないかと思っていたのよ！　お元気……？」

エルスペスは口ごもり、三人の連れを見渡す。コレットは固唾《かたず》をのんだ。そんなことを考えるなんてクレイジーだとはよくわかっていても、義姉が自分に気づきはしないかと気が気ではない。もちろん、エルスペスには気づいたそぶりもなかったけれど。

「突然お邪魔してごめんなさい」エルスペスが猫撫《な》で声で言う。「でも、きっと許していただけると思いますわ。ルークとわたしは古い友だちですの」

最初の激しいショックがすぎ去ると、コレットは大声をあげて笑いだしたい気持だった。プレイボーイの女たらしのルークが、すくなくとも三人の相手を目の前にしているのだから！

コレットは唇をゆがめて笑いをこらえる。これは面白いことになるわ。ステラの目にはぞっとするような嫉妬《しっと》があった。食事のあいだじゅうコレット自身が悪意に満ちた視線を浴びていたものだが、ステラはさらに、もうひとりと対決しなければならないはめになったなんて！

けれども、ルークは声も態度も落ち着き払って、紹介をはじめる。エルスペスの視線がむさぼるように自分を見ていることにコレットは気づいた。純白のスカートの上にさんご色のレースを重ねたパリ製のイヴニング・ドレスに、パトリック伯父にもらったダイアモンドとサファイアの首飾りとブレスレットとイヤリング。最後にコレットの結婚指輪に目を留めると、エルスペスは一瞬、とまどいの表情をうかべた。

「楽しかったじゃない、ルーク、いっしょにあちこち出かけたころ？　イギリスでなんですけれど」

エルスペスは猫撫で声で言ってから、皆に説明する。ステラはかんかんに怒っていた。まったく興味のないミスター・ロガラは、バーに知りあいを見つけると、失礼と言って席を立った。ステラがむりに薄笑いをうかべてたずねる。

「どのくらい前のことですの？」

「ずいぶん昔よ」ルークにすすめられて、エルスペスはステラの父親が座っていた椅子に腰をおろす。「八年になるかしらね、ルーク？」

エルスペスはハンドバッグからたばこをとりだし、火をつける。コレットははじめてエルスペスの左手を見た。中指の指輪は結婚指輪でも婚約指輪でもなく、エルスペスの母のものだったドレス・リングだった。

「八年くらい前だったと思うな」

ルークが片手であくびを隠しながら答える。ルークったら退屈してるのかしら？

「八年ね」ステラがつぶやく。「わたし、そのころ、あなたと知りあいじゃなかったわね、ルーク？」

「うん、ステラ、ぼくらは出会ってないよ。きみのお父さんはたしか五年前にここに家を建てられた、ぼくの記憶違いでなければだけど」

「そのとおりよ。わたしたちがアティコン島で暮らすようになってから五年になるわ」ステラはエルスペスに向きなおる。「それじゃ、あなたとルークは八年間に一度もお会いになったことがないの？」

「そうよ。でも、そんなに歳月がたったとは思えないわね、ルーク？」

「ぼくは時間なんかに頭を使ったことは一度もないんだ、エルスペス」うんざりした口調だった。「時はすぎ去るもので、その速さを計ろうとしても、なんの役にも立ちはしないさ」

「あなたはイギリス人でしょ。休暇ですの？」

赤くなりもしないでルークのそっけなさを乗りきったエルスペスが、コレットに注意を向ける。目の奥に羨望《せんぼう》が潜んでいた。エルスペスはすでに三十三歳。かつては百姓だろうと夫が見つかりさえすれば幸運だとせせら笑って予言した娘に見せびらかした美貌《びぼう》も、いまはかなり色あせていた。

「ええ、休暇です」

エルスペスがグラスをとりあげ、口もとに運ぶ途中でふと手を止める。困惑したようにまばたきをしながらコレットを見つめる。何かがエルスペスの注意を引きつけたんだわ。

「このホテルに……泊まってらっしゃるの？」

「いいえ、ルークのお宅に泊まってます。お客として」ここまではしかたがないにしても、つぎの言葉には悪意に満ちた満足感があった。「美しい白と青の別荘ふうの館が、信じられないくらいすてきな場所に建ってるの。そこに滞在できるなんて、わたし、とてもラッキーね」

ゆっくりとエルスペスはグラスを口に運ぶ。誰ひとり見逃すはずのない緊張した雰囲気があった。緊迫した空気を破ったのは、ステラの父親である。バーから戻ってくると家に帰ろうと言う。ステラは顔をしかめたものの立ちあがった。

「皆さんにおやすみなさいを言いますわ。ルーク、明日、お会いできるかしら？」

「わからないな、ステラ。アテネに行こうと思っているんだが、時間がはっきりしないんだ」

「あら、そう……」

ステラは肩をすくめ、もう一度おやすみなさいと言い、父親のあとについて戸口に向かった。

「あなたのお宅を見たいわ、ルーク」エルスペスがとりいるように言う。「わたし、一週間、パンテオン・ホテルに泊まることになってるの。時間ならたっぷりあるわ。わたしを招待してくださらない、昔のよしみで？」

ルークに話しかけながら、エルスペスの目はコレットの髪に釘づけになっていた。ふたたび、空気が張りつめる。エルスペスの長い凝視に、ルークもコレットの髪を見つめ、眉根を寄せた。

コレットのほうは、ひとりで楽しんでいた。義理の姉をすっかり混乱させてしまったのだから。最初、わずかに注意を引いたのは、あきらかに声だったんだわ。エルスペスはルークと違って、わたしの声をよく知ってるもの。八年間に声色は変わってしまったと思うけれど、やはり昔の話しかたに似ているところがあるにちがいない。

「ミス・ホイットニーをご招待したら、ルーク？　きっとお話がはずんで楽しいわよ、昔をしのんで」

本来の性格とはまったく相いれない意地悪な気持に駆られて、説得するようにコレットは言う。ルークが疑わしげな視線をコレットに投げかける。平然としているものの困りはてているのが本能的にわかった。

「なんてご親切なかたなの」エルスペスが喉を鳴らす。「わたしにはすてきな気晴らしになるわ。だって、ひとり旅ですもの」

「よく旅行なさるの？」

コレットが打ちとけたようすでたずねる。

「最近、するようになったの。父が亡くなってから。二年半前ですけど」

「おひとりで暮らしてらっしゃるの？」

われながら自信たっぷりなのに、コレットは驚いていた。エルスペスに質問するなんて！　昔ならとてもきけなかったものなのに。

「ええ、そうなの」

なぜエルスペスは結婚しなかったのかしら？　たしかに美人だったから相手くらい見つけられたはずなのに。

「ごきょうだいはいらっしゃらないの？」

「ええ……わたし自身のきょうだいはね。ただ父が、女の子を連れた未亡人と再婚したんだけど」

「まあ、それはよかったじゃない！」

「じつは、よくなかったのよ。わたしたち、全然共通点がなくて」

「まあ、残念だこと。とてもすばらしい生活になったはずなのに——あなたがた四人、皆にとってよ」

エルスペスとルークは目と目を見合わせる。エルスペスはすでに居心地が悪そうだった。それなのにコレットは、なおも意地悪な気持に駆りたてられ、父親といっしょになって自分と母をあれほどみじめにしたこの女を困らせてやりたいという激しい欲望に燃えたつ。なんとしてでもひとこと答えさせようと、エルスペスをきっと見すえる。

「可能性なら……あったでしょうね。でも、その女ときたらだらしがないし、娘はとても醜くて、見るたびにぞっとしたものだわ」

コレットは愛らしい瞳をルークに向ける。が、ルークの顔からは相変わらず何も読めなかった。よそよそしく、心ここにないように見えるけれど、疑いもなく頭を機敏に働かし、ひとことも聞きもらしていないことがよくわかる。コレットはびっくりしたように眉をあげて、エルスペスに言う。

「あなたのお父さまって、そんな女性と再婚なさったの？　ずいぶんおかしな話ね。お父さまは結婚前にご存じなかったの、そのかたが……その……つまり、そういう女性だってことを？」

「あら、そのころはきれいだったたし、スマートだったの。でも、身なりもかまわなくなってしまって」

「あなたにとっては悲しいことね。きっと大きな試練だったでしょう。それで、その娘さんは？　どうして……？」

「その話はしたくないの」エルスペスはさえぎり、ルークのにこりともしない凝視に顔を赤らめる。「みんな、すぎ去ったことよ。ふたりが出ていってからは二度とあのふたりのことは話題にしなかったの」

「ふたりが出ていったって？」

このとき、ルークの表情に関心がうかんだ。コレットは驚いたふりをして口をはさむ。

「あなたも、そのかたたちをご存じなの？」

「ああ、知っている……ほんのちょっとだが」

ルークの表情に気づかなかったわけではないけれど、コレットはいまのところ、これで十分だと考え、話題を変えた。

「あなたの家にミス・ホイットニーを招待なさるんでしょう、ルーク?」

「ああ、もちろん」かすかにためらったものの、落ち着いた響きのいい声で答える。「明日でどう?」

「すてきだわ」と、エルスペス。「午後でいいかしら?」

「きみさえよければ……」

「なぜ、お夕食じゃいけませんの?」

コレットはルークの言葉をさえぎり、にこやかに微笑する。夕食なら、最高に着飾れるもの。美しいイヴニング・ドレスも宝石もあるし、そのうえ、館での夕食はいつもことのほかすてきだもの。キャンドル、花、静かなブズキの調べ。エルスペスはルークを失ったことで何を手に入れ損なったか思い知るにちがいないわ。

わたしは猫よ。コレットは自分でもびっくりしながら心のなかでつぶやく。たちの悪い、憎たらしい猫よ——でも、そんな猫がわたしは好き!

10

ホテルから館に戻る車のなかで、ルークはめったにないくらい黙りこんでいたので、コレットもひとりもの思いに沈んだ。

その日の午後、コレットはアテネの外港ピレエフス行きの船を調べた。直行便なら四日後にアポロ丸が出るという。もっと小さな船の便ならすぐにもあるが、途中ほかの島々に立ちよるので、日数がかかるばかりか退屈してしまう。コレットはしぶしぶ、アポロ丸を待つことに決めた。

むずかしい決断だった。ルークとの別離は身を裂くほど苦しい。けれどもルークは、最後の最後までけっしてあきらめないだろうから、いっしょにすごす一刻一刻が誘惑にほかならないという事実から目をそらすこともできなかった。

しかし、いまになってみると、適当な船がなくてよかったと思う。今夜は最高の気晴らしができたし、さらに大きな気晴らしが約束されているのだから。はじめてエルスペスに引けをとらなかったばかりか、じっさいにまごつかせてやった満足感は深い。そして明日の夜にも、今夜の再現が約束されている。

たとえその過程で、エルスペスとルークがわたしの正体に気づいたとしても、かまうものですか。わたしはここを出て行き、二度とルークには会わないんだもの。だからルークに、わたしがほかならぬあの醜い小娘だったとわかったとしても――昔、ルークがさげすみ、嘲笑《あざわら》い、わたしがルークに〝お熱〟だとエルスペスから聞いて大声をあげて笑った、あの醜い小娘だとわかったとしても――どうってことはないわ。

エルスペスのほうは……そうね、あれほど軽蔑《けいべつ》していた娘が美しく変貌《へんぼう》しているとわかったときの義姉の反応を、わたしは楽しむんじゃないかしら？　たしかに、明日の夜こそ復讐《ふくしゅう》の甘美な報酬が約束されている。

もちろん、エルスペスもルークもコレットの正体に気づかないこともあり得る。じっさい、その可能性のほうが大きいけれど、ふたりを今夜のように困惑させられると思うだけで心がはずんだ。いずれにせよ、明日の夜は最高に楽しめるわ！

ココやしの葉を通して、アーチ型の回廊と中庭《パティオ》のある美しい館が見えてくる。手入れの行き届いたエキゾティックな庭園、一段低いところにつくられたばら園、ジャカランダの木と燃えるようなハイビスカスの木陰にあるプール。個人専用海岸《プライヴェイト・ビーチ》まであって、その先の桟橋には豪華なモーター・ボートが停泊している。

ルークはタマリンドの並木道を通って、柱廊のある玄関前に車を停《と》めた。ヘッド・ライトを切り、腰かけたままコレットをふりかえる。

「さて……楽しかったかい？」

「とっても。連れてってくださってありがとう」

ルークの目は疑わしそうだった。

「説明してくれるかな？」

「あら？　なんの説明？」

「あの女性に前にも会ったことがあるのかい？」

「ステラに？　いいえ……」

「エルスペスさ！」

コレットはごくんと唾をのむ。真実があらわになる場合を考えると嘘《うそ》はつきたくないけれど、イエスと答えたら何もかもたちまちあきらかになって、明日の楽しみは台なしになってしまう。コレットはできるかぎり長くお芝居を続けることに決めた。

「なぜ、わたしたちが前にも会ったことがあると思うの？　おかしなこと言うのね、ルーク」

「今夜はいくつか、おかしなことを言ったじゃないか」

コレットはルークを見つめ、笑いをこらえる。ルークは自分の困惑をもてあまして、かんかんに怒っていた。いつもはとても賢くて、事態を素早くつかむ洞察力があるというのに！

「あなたのおっしゃること、よくわからないんだけど？」

「きみを乱暴に揺さぶって白状させることもできるんだがね」

ルークは静かに切りかえすと、車のドアを開けた。

「わたし、あなたのご機嫌を損ねるようなこと、何かしたかしら？」

ドアを開けにきたルークに、コレットは無邪気にたずねる。眉を寄せ口を固く結んでコレットを見おろしていたルークが、コレットの髪に目を留める。八年前には肩まであった髪もいまはショートにしているけれど、ことのほか魅力的なハニー・ゴールドの色は変わらない。ちょっぴり自然のウエイヴがあって、毛先がはねているところも昔のままだ。

「きみはぼくを怒らせることをずいぶんやったぞ……でも、今夜の件を話しあうつもりはない」ルークはコレットの手をとって車からおろす。「きみは本当に、四日後には帰るつもりなのか？」

ルークの唇がコレットの髪に触れる。ルークが間近にいるだけで心が震え、コレットは顔を仰向けてキスを待った。頭がどうかしてしまったんだわ！　ルークが誘えば、また争うはめになるのに。けれども、ルークはそっと唇にキスしただけで、コレットの頬を愛撫《あいぶ》より強くたたくと言った。

「きみはぼくにとっては謎《なぞ》だよ、ジェニファー！　ぼくはいま質問したんだ。ちゃんと答えろ！」

「もちろん帰ります。永遠にここに滞在するわけにはいかないもの」

「もうすこしいられるはずだ」

「ステラはどうするの？　ペトロスが言ってたわ、あなたはステラが二カ月間いないと思っていたから、わたしに二カ月間滞在するように言ったんだって」

「二カ月間などと言った覚えはないぞ！　ぼくは期間についてはひとことも触れていない！」

「わたし、二カ月間だと思っていたわ」

「なぜ？　あのときぎみはステラのことをよく知らなかったくせに。二カ月間だなんて思うはずないじゃないか！」

「いったい、これはどういうことなの、ルーク？　わたし、あなたがまるでわからなくなったわ」

「それじゃ、そのわからないところが、ぼくらを結びつけているんだろう。最初から、きみにはぼくの理解できない何かがあった。きみは計り知れないと思っている——じつに奥が深い！」

コレットは赤くなったけれど、ルークの言葉を無視してたずねる。

「滞在期間は二カ月以上ってつもりだったの、ルーク？」

「もちろんそうさ！」

「でも、なぜ？」

「ぼくが二カ月できみに飽きると思うかい？」

「それじゃ……ステラはどうするの？」

「ステラはぼくにはなんの意味もない！」

「だってあなたは、ステラと結婚する可能性ならあるっておっしゃったわ」

「ステラだとは言わなかったぞ」

「そうね、そう言えばそうだけど。でも、あのときわたしたちが話していたのは、ステラのことだったわ」ルークはそのことを認めると、黙りこんだ。コレットは全身を震わせながら、浅黒い、近よりがたい顔を見あげてつぶやく。「それじゃ、いまは？」

「ステラとは結婚しないことに決めた！」

「でも……なぜ……？」

「もう寝る時間だ。なかに入ろう！」ルークは乱暴に話を打ち切った。「きみはひと晩じゅう、ぼくを外に立たせておくつもりか！」

「まあ！　外に立っていたくないのは、わたしのほうだわ！　長い一日だったし、いろんなことがあったし、念のために申しあげておきますけど……わたし、もうくたくた！　あなたこそ、いままでずっと、わたしを外に立たせていたくせに！」

「そんなに疲れはてているんなら、さっさとベッドに入るんだな！」

ルークは大股に歩み去った。目に涙をうかべ心にとまどいを抱いたコレットを、あとに残して。

紫色のたそがれが静まりかえった景色をすっぽりと覆うころ、タクシーが私道《ドライヴ》に入ってきた。とびきり上等な刺繍《ししゅう》入りのコットンのロング・ドレスにダイアモンドの首飾りと星形の髪飾りをつけたコレットは、中庭のもの陰から車が正面玄関に着くのを見つめていた。

タクシーからおり立ったエルスペスは、長いあいだ、美しい館の正面を眺めながら立ちつくしていた。やがてあたりをひとまわりして、夜間照明に照らしだされた庭園を見渡す。きらめく噴水、つややかな白い大理石の彫像、花々の香りを集めて海から吹きよせる微風。月が丘からのぼり、芝生を青白くうかびあがらせる。そして、すべての上に、コレットの大好きな深いしじまがあった。

エルスペスはもとに戻ると、一瞬立ち止まり、正面の階段をのぼっていく。コレットはいったん部屋に入ってから、ホールに向かった。

「こんばんは、エルスペス」

ルークの声が聞こえる。コレットはわずかに開いた、ホールへ通じるドアの前で立ちどまった。

「ハロー、ルーク！　あなた、美しい館をおもちなのね！」

「ぼくも気に入っている」ぶっきらぼうに答えて、ルークはエルスペスの肩掛けを預かろうと言う。「こんなもの、いらなかったのに。この季節は夜でも暖かくて快適なんだ」

「わたし、ギリシアにきたこと一度もないんだもの、だから知らなかったの」しばらく沈黙があって、一段と声をひそめた、警戒した口調になる。「あの若いレイディ——あなたの友だちの。どなたなの、ルーク？」

「なぜ、そんなことをたずねる？」

「わたし、どうも気になって。かすかに知っているような感じがあって……ジェニファーっておっしゃったわね……名前には全然記憶がないんだけど。長いおつきあいなの？」

「それほど長くはない」

「どちらのご出身？」

「デヴォンだがね」

短い言葉のなかには質問がこめられていたけれど、エルスペスにはデヴォンに知りあいはないとしか答えられなかった。ルークはエルスペスの記憶をたぐりよせようと、急いでつけ加える。

「ジェニファーには両親がいない。三年半前に未亡人になったんだが、夫が大金持でね。

大きな館と広大な土地を相続している」

「知らないわ……どこかで会った感じはあるんだけど、それほどのかたなら覚えてるはずだし……あの声と髪は……」

エルスペスはぱっと話を打ち切って、くるりとふりかえる。すかさず行動に移ったコレットがドアから現れた。愛らしい顔にこぼれんばかりの歓迎の微笑をうかべて。

「とてもすてきよ、ミス・ホイットニー、お早いのね。うれしいわ！　外でお飲みものをいただけて、ルーク？」

コレットは微笑をうかべてルークの目に見入る。ルークの目にはいらだちが揺れていて、声をあげて笑いだしたいところだ。あまのじゃくがコレットのなかに入りこみ、いたずらをさせようとせきたて、他人をからかって面白がるたちの悪い欲望をふくらませる。

「きみの希望とあればそうしよう、ジェニファー」

「こんなに美しい夜ですもの」

「そうだね」

「ミス・ホイットニーの肩掛け、わたしがお預かりしましょうか？」

長身のルークは謎めいた表情で上からコレットを見おろす。一日じゅうコレットはルークと別行動をとっていたからかもしれない。朝早く館を出て、島を見てまわって昼食は外でとり、夕食に間に合うように帰ってくるからと伝言を残したきりだった。コレットはそのとおり実行したので、ふたりが顔を合わせるのは、昨夜、庭先で別れてからはじめてだった。

「いや」ルークは短く答え、両手をたたく。「ダヴォスに頼もう」

三人はテラスに出た。涼やかな風にルークの髪がちょっぴり乱れ、厳しい表情が和らいで見える。グレイのモヘアのスーツに赤銅色の肌をくっきりときわだたせる純白のシャツ姿だった。エルスペスは美しくカールしたまつげの陰からちらちらとルークを見やり、目が離せないといったふぜいだ。

ダヴォスが飲みものをテーブルの上に置く。最初に口を開いたのはコレットだった。

「楽しい一日をおすごしでしたか、ミス・ホイットニー?」

「ええ、とても楽しかったわ。皆で泳いだり、浜辺でのんびりすごしたり。どう考えても、ほかにすることがないんですもの。もちろん、とてもくつろげたんですけど」

「本当にくつろげますわ。もちろん、こんな静かなところにいるせいだけど。ルークの館はすてきだとお思いになりません?」コレットは美しい微笑をルークに向ける。が、ルークは眉を寄せただけだった。「夜間照明だけじゃ庭を観賞するのはむりだけど、本当なのよ、ファンタスティックなくらいきれいなの」

ふたたびコレットはルークに笑顔を向ける。ルークが息をのむのが聞こえ、椅子に寄りかかると脚を組んで、射抜くような鋭いまなざしをコレットに向けた。

「きっとそうでしょうね」いまはいらだちのにじむ声でエルスペスが言う。「ここには長くいらっしゃいますの、ミセス・マドックス?」

「ちょうど十日になります」

「……ずっといらしたのかと思ったわ」金のケースからたばこをとりだし、ホルダーにさしこむ。「いつまで滞在なさるの?」

いよいよ探りを入れてきたのかしら? コレットは問いかけるようにルークを見やり、こんどはあなたの番よと言わんばかりにたずねる。

「どのくらい、わたし、滞在するのかしら?」

ひゅうという小さな舌打ちが聞こえたと思ったけれど、たしかではない。いずれにせよ、ルークの口調はなめらかでクールだった。

「好きなだけ滞在していいってことは」期待どおりの答えだった。「十分ご存じのはずだがね」

「わたし、とてもラッキーだわ。そうお思いにならない、ミス・ホイットニー?」

「ええ……そう思うわ」

エルスペスはたばこを強く吸いこむ。ルークが悪意をこめて挑むように言った。

「きみのほうこそ、いつまで滞在するつもりなんだ、ジェニファー?」

「あら……まだ決めてないわ」

「お家に用事がおありなの？」

突然、注意を集中して、エルスペスが頭をあげる。まるでコレットの声をはっきり聞きとろうとするかのように。

「もちろんよ。誰にも用事はあるわ」

「ぼくがエルスペスに話したんだ」ルークが口をはさむ。「きみには大きな館と土地があるって」

「あなたがひとりでとりしきってらっしゃるの？」

「いいえ。牧場には有能な管理人がいて、その下に同じくらい有能な使用人が何人かいますから。それに館のほうは家政婦とふたりのメイドが見てますの」

ルークのほうを見やると、顔をしかめているのが見てとれる。ルークはまるでわたしが理解できないでいるんだわ。いまのは要するに自慢話だもの。わたしの性格と正反対だとルークは見抜いているんだわ。

昨夜、わたしが昔エルスペスと会ったことがあるんじゃないかと疑いをもったのが、いまは確信に変わったんだわ。でも、ルークが困惑しているのは、なぜエルスペスにはわたしだとわからないのか、その理由なのよ。ルークには答えがほしい質問がいっぱいあるはずで、ルークに気をもませられると思うとコレットはいい気持だった。

「ルークが言ってたけど、みんな、ご主人の遺産なんですってね。とてもお金持だったにちがいないわね。それにしても、ご主人は若死にだったのね、ミセス・マドックス……それとも、ものすごく年上のかただったのかしら？」

いよいよ、爪をむきだしてきたじゃない？　眉ひとつ動かさないでコレットは高飛車に義姉を見つめ、ゆっくりとつぶやく。

「夫はまだ三十にもならないうちに亡くなったのよ、ミス・ホイットニー。お金のために老人と結婚する女性がいるけど、わたしはそれほどお金を大切だとは思っていないの。相手が老人であろうとなかろうと、お金のために結婚はしないわ」

エルスペスは顔を赤らめ、あわてたばこを強く吸った。〝大富豪と結婚するつもり――それも爵位があれば、なおけっこう〟と大見得を切ったことを、エルスペスは覚えているかしら？

「そろそろ家のなかに入る時間だ」ルークが暗いまなざしをコレットに投げかけながら言う。「あと五分ほどで夕食になる」

ルークをまんなかに、三人は並んで明るい前庭に引きかえす。館に入ったとたんにダヴォスが姿を見せて夕食の用意が整ったことを告げた。

食堂の明かりはキャンドルだけで、二十本以上もある。そのうち十本はテーブルの両端に置かれた銀の枝付き燭台にともっている。食卓マットとコースター、ナイフとフォークとグラス。テーブルの中央にはまっ赤なばらがセーブル焼きの花瓶に美しく生けられ、部屋の四隅にあるスピーカーからは静かなクラシック音楽が流れる。

「まあ、きれい！」魔法にかけられたみたいにエルスペスは戸口にたたずみ、ルークの顔を見あげる。「あなた、毎晩、こんなふうにお食事をしてらっしゃるの？」

「わたしがきてからは、ずっとこうなの」コレットが割って入る。「ロマンティックでしょう？」

エルスペスもルークも同時にコレットを見つめた。いまはこのふたりに挑戦していることをはっきり意識しながら、コレットは冷ややかに誇り高い表情を保つ。エルスペスはやむをえず答えたものの、ひどく突っけんどんだった。

「とてもロマンティックね」

「どうぞかけて、ジェニファー、エルスペス」

ルークも居心地がよくなさそう。コレットはかなり満足して考える。ルークとだってまだ縁が切れたわけじゃないわ――とんでもない話よ！　失うものが何ひとつないいまは、この茶番劇を気のすむまで進めることができるんだもの。

食事のあいだ、コレットは口を閉ざし、ルークとエルスペスに話させておいた。が、まもなく、ルークのほとんどひとことひとことが、探りを入れていることに気づく。ルークはいまミセス・ホイットニーと娘のことを話題にしていて、そのあいだコレットは、自分の皿から顔をあげなかった。

「いつ、ふたりは出ていったんだい？」

「あなたが結婚式に出席なさった日の翌日よ。ほら、コレットもいたでしょ……」

「あの翌日に出ていったのか？」ルークは眉を寄せる。「どこに行ったんだ？」

「わたしが知るはずないでしょう？　それがどうかしたの？」

「きみの親父《おやじ》さんはあの夜、コレットを追いだしていたろうな、もし……」

「ルーク、お願い」エルスペスがさえぎる。「父のやることを、わたしにはどうしようもなかったのよ……」

エルスペスの声がとぎれ、わずかに顔を赤らめる。エルスペス自身、あの夜、意地悪だったことを思いだし……そして、ルークもまた思いだしていることに気づいたせいだった。

「ふたりがどうなったか、聞いたことはないのかい？」

ルークがしつこくたずねる。視線はうつむいたコレットに釘づけにしたままだった。

「ええ。コレットが若い男を連れてきて、その子の車で出ていったわ……そうね、車は借りものかもしれないわね。ふたりが出ていったとき、わたしは家にいなかったけど、父はいたのよ。ふたりとも父にさよならも言わずに、荷物をもって車に乗りこんだそうよ。それっきりなの」

小さな沈黙が訪れる。コレットは向かい側に座っている男性のいやおうのない誘いに、しいて目をあげる。ルークは無表情のまま、じっとコレットを見すえた。エルスペスに静かに言う。

「コレットはその青年と結婚したんだよ……」

「どうしてあなたにわかるの？　コレットと結婚したがる男性なんて、わたしには想像できないわね。あなただっておっしゃったでしょ、あんなひどいあざじゃ誰も結婚したがらないって。コレットがあなたにお熱だってわたしが言ったら、あなた、大声をあげて笑ってらしたくせに……」

　その場の雰囲気になんとなく押されて、エルスペスはためらいがちに話を打ち切り、交互にふたりを見る。テーブル越しに、コレットとルークは目と目を見合わせていた。コレットの目には非難がないとは言えない悲しみが、ルークの目には深い悔恨と……謝罪があった。

　誰ひとり、あえて沈黙を破ろうとする者はいなかった。コレットはほんの数秒前に、自分のお芝居が終わったことに、ルークが自分の正体を突きとめたことに気づいていた。さっきまではっきりわからなかったにせよ、いまはもうはっきりしているはずだった。エルスペスの話を聞きながら、コレットは自分の感情をすこしも隠せなかったから。

　コレットはようやくルークから視線をそらすと、ほんのり頬を染める。エルスペスが何かあったのとたずねて沈黙を破った。いまはけんめいに肉を切っているコレットを見つめたまま、ルークが言う。

「その青年はコレットと結婚したんだよ。賢い男だ。傷ついた表面の下に美を見出していたんだから……きみやぼく、それにきみの親父さんなんかより、はるかに深く見ていたんだよ、エルスペス。

コレットの夫は館と広大な土地を相続したが、コレットのお母さんとどども、自動車事故で亡くなった。コレットも車に乗っていたが、生き残った。重傷だったけどね。ほとんど瀕死《ひんし》の状態だったとぼくは思う。それでも、死ななかった。そこで顔に大手術をすることになった……」

ルークはすべてを見きわめるようにコレットを見つめる。コレットはいっそう赤くなった。

「きっと何回も手術をしたはずだよ。とても一回の手術で、この奇跡がおこるはずはないからね」

ルークは言葉を切った。が、どちらの女性も口をきかなかった。エルスペスは何か言いたそうにしていたが、言葉にはならなかった。ただ、とても信じられないばかりか、とうてい認めたくない思いが混じりあった複雑な表情をうかべるばかり。まだ、すべてがのみこめていないらしかった。

「コレットはいまでは、大きな土地をもつ大金持の若いレイディだ。有能な管理人がいるので旅行に出かけた。そしてその旅行が、コレットをこの島に連れてきたんだよ……」

穏やかに、しかも熱心にルークの物語を聞いている自分にあきれながら、コレットには エルスペスがついに全部の話を納得したことがわかった。昔よく見かけたように、エルスペスは醜く口もとをゆがめる。大きな目は黒く、霜のように冷たい。

「コレットはアティコン島にきて、ぼくとめぐりあい、名前を変えることに決めた……」

話を続けるルークの口調が劇的に変化する。コレットの目には信じられない思いがうかんでいたけれど、心には幸福の大波が押しよせていた。「話してくれないか、コレット、なぜ名前を変えた？　ジェニファーという名はきみに似合わないとぼくは言った覚えがあるが。それに、きみが酔っ払った夜のことを覚えているかい？　きみは本当に、ジェニファーってどなたってぼくにたずねたんだよ。そのときぼくは、何か秘密があることに気づいたんだ……」

しだいに声が小さくなり、ルークは優しい表情をうかべてコレットを見守る。突然、美しい微笑が顔じゅうに広がった。コレットのまつげには涙がきらめいていたけれど。

とうとう奇跡がおこったことを、ルークが自分を愛していることを、ほとんど受けいれられなくて、コレットはどうしていいかわからなかった——ああ、たしかに、愛してくれているんだわ。あの口調も、あの表情もとり違えるはずないわ。前にルークがお芝居をしていたときも優しかったけれど、こんどはまるで違うもの。

荒々しい、揺さぶるような歓喜の一瞬に、どんな言葉も出てこなくて、コレットの返事は途方もなくばかげたものだった。

「わたし、酔っ払ってなんかいなかったわ……そんなことおっしゃるなんて、あなた、まったく紳士らしくないわよ、ルーク!」

ルークが愉快そうに声をあげて笑う。コレットは息をのんだ。厳しい輪郭が消え、あのオニキスのような黒い瞳さえも、いままで見たことのない、このうえなく優しい表情に和らいでいるのだった。

「ダーリン、きみが酔っ払っていたとぼくが言えば、きみはたしかに……」

コレットの表情に気づいて口を閉ざすと、ルークはエルスペスを見やり、顔をしかめる。どうやらエルスペスがいることを、ルークは忘れていたらしい。

「このひとが……このひとが……コレットだなんて」コレットを見すえるエルスペスの顔は黒ずみ、唇がぴくぴくとけいれんしていた。激しい感情に胸が大きく揺れる。ヒステリーをおこしはしないかと警戒するようにコレットがエルスペスを見つめる。「そんなことがあってたまるものですか! どんな手術だって、こんな奇跡はおこせはしないわ……」

「整形手術のおかげなのよ、エルスペス」ヒステリー騒ぎを避けようと、コレットが口をはさむ。「何度も手術をしたのよ、八カ月以上もかかったわ。これはその結果なの」

どす黒い憎悪がエルスペスの目に燃えさかっていた。ちょうどルークが結婚式からコレットを連れて帰ったあの夜のように。

「嘘だったら！　どこかが間違っているわ……それに、いまのあなたがたの話しぶりときたら……あれは、どういうこと？　きっとあなたはルークの情婦ね、ルークの……」

「もうよさないか！」コレットまで震えあがらせる雷みたいな大声をあげて、ルークは椅子から立ちあがった。「きみが話している女性は、ほかならぬぼくの結婚相手なんだぞ！」

ルークは手をたたいてダヴォスを呼んだ。ドアの外で命令を待っていたダヴォスが、すぐさま入ってくる。だが、エルスペスはダヴォスを無視し、震える指を非難がましくコレットに向ける。

「あなたってひとは……あなたってひとは、わたしに恥をかかせるためだけにここに招《よ》んだのね！　あなたを憎むわ。憎んでやるわ……ルークは絶対にあなたなんかと結婚するものですか……かわいそうなおばかさん！」

あまりにも激しい感情に、エルスペスはものも言えないらしい。それなのに、あとを続けようとする。ルークが静かにダヴォスに言った。

「誰かミス・ホイットニーをホテルまで送りなさい。どうも気分がよくないらしい」

「ご親切だこと！」エルスペスが皿の上にナプキンを投げつける。「あなたの手なんか借りなくても、ちゃんと帰れるわ！」

怒りに全身を震わせ、部屋をとびだすと、エルスペスのうしろでドアがばたんと閉まった。ダヴォスはすっかりまごついていた。

「ミスター・ルキウス……何が……？」

「さがっていい」ルークが命令する。「つぎの料理を出してほしいときには卓鈴を鳴らす。ああ、そうだ、ミス・ホイットニーに肩掛けを忘れないように」

ルークが卓鈴を鳴らすまでには、ずいぶん時間がかかるだろう。コレットはすっぽりとルークに抱かれて、恋人の目にうっとりと見入る。

「本当なの……本当にそうなの？」

「ダーリン、何度ぼくに言わせれば気がすむんだい？」

「わたし、ただ信じられないだけなの。それだけよ」

ふたりはエルスペスが出ていってからずっと話をしていて、ずいぶん多くのことがはっきりした。ルークは別に自由をあきらめるつもりなど全然なかったことを認めたけれど、同時に、そろそろ独身時代が終わることを受けいれかけていたことも認めた。

「いままでどんな女性にたいしても経験したことがないくらい、きみはぼくをとりこにしてしまった——ボートの明かりで、また海辺の明かりで、きみを見た瞬間からとりこになっていたんだよ。ぼくはきみに惹かれていたけれど、きみにはいつも、何か謎めいたものが、ぼくに理解できない何かがあった。

きみには秘密がある——それははっきりしていた。きみは若いころの話をするのを拒んだからね。ぼくは以前きみに会ったように感じながら、その印象はそのたびに消えてしまう。というのも、ぼくはひとの顔を覚えるのが得意だったからなんだ……」

ルークはいったん言葉を切り、コレットをじっと見つめ、震える唇にキスしてから話を続ける。

「ぼくはこの愛らしい顔を見た覚えがなかった。だから、それだけ心を悩ましもしたし、いらいらさせられもした。きみの声には……錯覚をおこさせるような記憶の糸がからまっていたし、昨日の夜はエルスペスがじっときみの髪に目をこらしていたんだが……」ルークは頭を左右にふる。「なぜ名前を変えたのか、きみはまだ答えていないね？」

「それは……それは……」

恥ずかしそうに口ごもる。ルークはそっとコレットのあごに手をかけて仰向かせる。

「昔、〝お熱〟だったせいだね、ダーリン……愛していたからだね？」コレットがこっくりとうなずく。「だから新しい顔と聞き覚えのない名前で、きみは希望を託した……」

こんどはルークが口ごもり、コレットがしめくくる番だった。

「……あなたがわたしを愛するように仕向けたかったの、ルーク。あなたがわたしの正体を知っていたら、あなたはわたしを求めないと思ったの。あなたがわたしを愛するようになれば、そのときはもちろん、すべてを打ち明けなくてはいけないと自分に言い聞かせていたけれど」

「ダーリン、きみを見ていると、自分のことが獣のように感じられる――たしかに、ぼくは獣だったよ！　平然ときみを欺き、ここに戻ってくるように丸めこむことまでやったと思うと……ぼくにはきみの愛を受ける資格がないよ、コレット。

心の奥底では、愛人以上のものを求めていたとしても、きみにたいして立派だったことにはならないもの。たしかにぼくは友だちを、いっしょに暮らす相手を求めていることまでは気づいていたんだがね……」まるで自分自身に腹を立てているみたいに、大きく頭を左右にふる。「本当は大切なものを、妻を求めていたというのに」

「でも……でも、わたしを……ピロウ・フレンドにしてたとしたら、あなたはわたしと結婚しなかったでしょう？」

「いや、結婚しただろうね、コレット」真剣で優しく、同時にまた人生を知った賢明な顔だった。「男というものは最後の愛に出合うと、過去がどうあろうとも、自分のものにする以外どうしようもないものなんだよ。ぼくのいとしいダーリン、ぼくときみなら、たとえ愛人同士になったとしても、やっぱり結婚していたさ」

ルークの目に見入っていて、ルークの言葉に疑いの余地はないのだけれど、コレットは愛人同士にならなくてよかったと思う。ルークの優しい微笑に気づき、顔をあげてキスを誘う。ルークは小さな、明るい笑い声を立てた。

続く数分間の情熱の嵐《あらし》に、コレットはたちまちエクスタシーの王国に投げこまれてしまう。ルークはキスをやめてもぴったりとコレットを抱きしめ、自分の体で華奢《きゃしゃ》な体を愛撫する。ルークは情熱的な恋人に、圧倒的な征服者になるわ。でも、わたし自身、喜んで降伏したがっているんだもの。

ふと自分の館のことを考え、コレットはすべてを売り払わなければと話す。一時の感情に駆られてやるのはよくないと言って、ルークはあとで相談にのることを約束した。

館のことを思いだしたコレットは、ごく自然に秘密の引き出しと、そのなかの色あせたばらのことを思いだす。いつの日かルークに話すだろうけれど……まだだめ。まだわたしだけの秘密よ。お芝居の思い出のよすがであって、報われることを望むことすらできなかった愛の思い出のよすがでもあるんだもの。

コレットはルークの最後の恋人となった。夢の世界で大事にはぐくんできたものの、まさか愛する男性から聞こうとは思わなかった言葉を、ルークは口にしてくれた。涙で目がかすんでくる。コレットは顔を隠そうとルークの上着に顔をうずめた。ルークがすぐさま温かく優しい手をコレットのあごにかける。涙を見たとたんに目を見張った。

「いとしいダーリン……なぜ、泣いている？」

優しさにあふれた心配そうな口調に、涙がはらはらと頬を伝う。

「本当に泣くことなんか何もないのに……あのね、わたし……いつもあなたの最後の恋人になりたいと思っていたの……だから、あなたがそう言ってくださって、ついさっき

「……」

ルークの口もとに面白がっているような、優しい微笑がうかぶ。

「ばかだな、泣きだすなんて……」ハンカチをとりだしてコレットの顔をぬぐう。「きみはかわいい、ばかなおちびさんだ！　お仕置きは鞭《むち》にしようか、それとも罰のキスにしようか？」

コレットはようやく、小さな笑い声をあげた。

「やっぱりキスのほうがいいわ、ルーク」

●本書は、1985年8月に小社より刊行された作品を文庫化したものです。

悪魔のばら
2024年1月15日発行　第1刷

著　　者／アン・ハンプソン
訳　　者／安引まゆみ（あびき　まゆみ）
発 行 人／鈴木幸辰
発 行 所／株式会社ハーパーコリンズ・ジャパン
東京都千代田区大手町1-5-1
電話／03-6269-2883（営業）
0570-008091（読者サービス係）
印刷・製本／中央精版印刷株式会社
表紙写真／© Kirill_grekov | Dreamstime.com

ISBN978-4-596-53285-5

12月22日発売

ハーレクイン・シリーズ 1月5日刊

ハーレクイン・ロマンス

愛の激しさを知る

ギリシア富豪とナニーの秘密 《純潔のシンデレラ》　キム・ローレンス／岬　一花 訳

秘書は一夜のシンデレラ 《純潔のシンデレラ》　ロレイン・ホール／中野　恵 訳

家政婦は籠の鳥 《伝説の名作選》　シャロン・ケンドリック／萩原ちさと 訳

高原の魔法 《伝説の名作選》　ベティ・ニールズ／高木晶子 訳

ハーレクイン・イマージュ

ピュアな思いに満たされる

野の花が隠した小さな天使　マーガレット・ウェイ／仁嶋いずる 訳

荒野の乙女 《至福の名作選》　ヴァイオレット・ウィンズピア／長田乃莉子 訳

ハーレクイン・マスターピース

世界に愛された作家たち
～永久不滅の銘作コレクション～

裏切られた再会 《特選ペニー・ジョーダン》　ペニー・ジョーダン／槙　由子 訳

ハーレクイン・ヒストリカル・スペシャル

華やかなりし時代へ誘う

侯爵と疎遠だった極秘妻　マーガリート・ケイ／富永佐知子 訳

鷹の公爵とシンデレラ　キャロル・モーティマー／古沢絵里 訳

ハーレクイン・プレゼンツ作家シリーズ別冊

魅惑のテーマが光る極上セレクション

純粋すぎる愛人　リン・グレアム／霜月　桂 訳